丛书主编　凌　晨

西域危机

苏学军　著
支晓光　插图

山西出版传媒集团
山西教育出版社

图书在版编目（CIP）数据

西域危机 / 苏学军著. — 太原 ：山西教育出版社，2021.3

ISBN 978-7-5703-1447-8

Ⅰ. ①西… Ⅱ. ①苏… Ⅲ. ①幻想小说—中国—当代 Ⅳ. ①I247.5

中国版本图书馆 CIP 数据核字（2021）第 018220 号

西域危机

XIYU WEIJI

责任编辑 白 宁
复 审 裴 斐
终 审 彭琼梅
装帧设计 孟庆媛
印装监制 蔡 洁

出版发行 山西出版传媒集团·山西教育出版社
地址：太原市水西门街馒头巷 7 号
电话：0351-4729801 邮编：030002
印 装 山西天每印业有限公司
开 本 890×1240 1/32
印 张 5.75
字 数 81 千字
版 次 2021 年 5 月第 1 版 2021 年 5 月山西第 1 次印刷
印 数 1—5000
书 号 ISBN 978-7-5703-1447-8
定 价 24.00 元

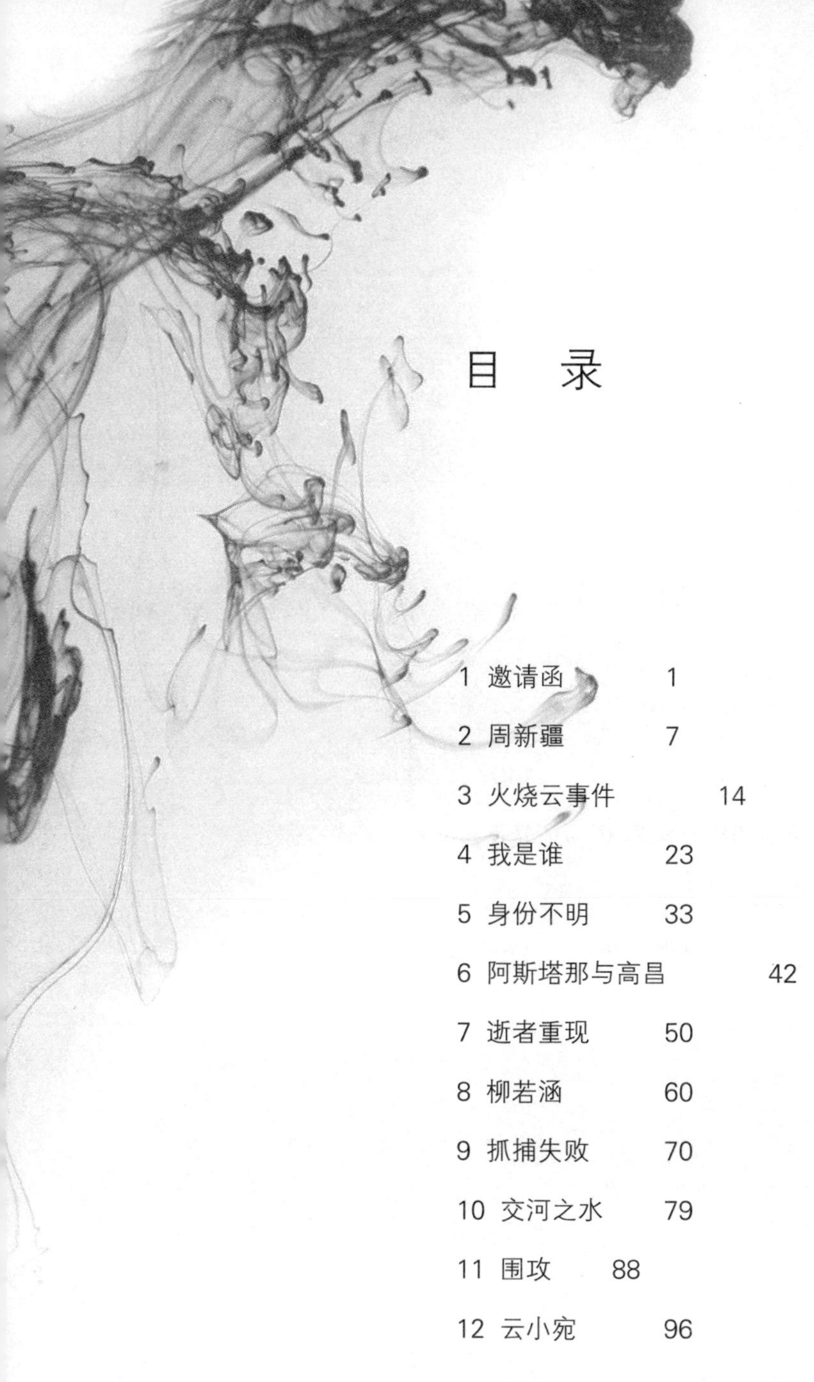

目　录

1 邀请函 1

2 周新疆 7

3 火烧云事件 14

4 我是谁 23

5 身份不明 33

6 阿斯塔那与高昌 42

7 逝者重现 50

8 柳若涵 60

9 抓捕失败 70

10 交河之水 79

11 围攻 88

12 云小宛 96

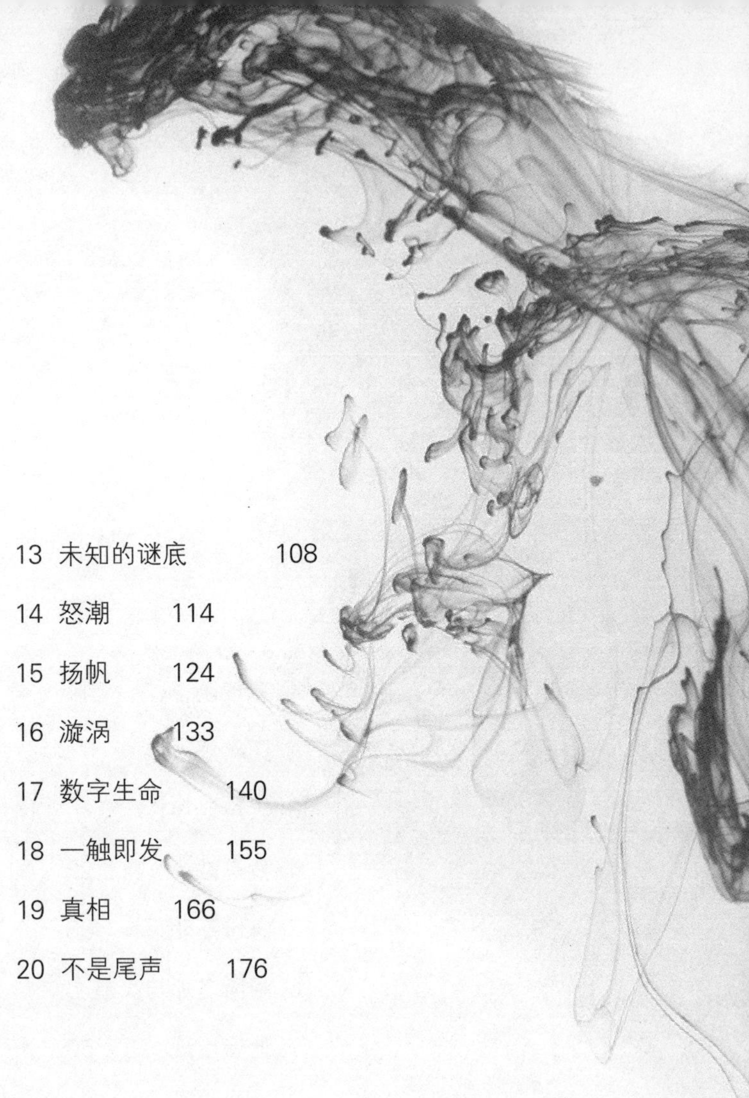

13 未知的谜底 108

14 怒潮 114

15 扬帆 124

16 漩涡 133

17 数字生命 140

18 一触即发 155

19 真相 166

20 不是尾声 176

1 邀请函

国家科学院怀柔园区，十号科研楼地下二层走廊尽头，一个与厕所挨着的实验室，门边挂着“人类记忆图谱研究所”的牌子。

实验室的面积不小，足有400平方米，但是大部分都被各种各样的实验仪器占据着，在仅剩的不足40平方米的空间里还塞了一张单人床、一个很大的工作台和一个简易衣柜。

苏丁丁坐在工作台前，目不转睛地盯着电脑屏幕，手“噼里啪啦”地在键盘上敲个不停。

工作台的一边随意堆着三个吃过的方便面碗、两个外卖饭盒和两个空的饮料瓶，所以房间里的味道并不好闻。不过苏丁丁似乎并不在意，从布满血丝的眼睛可以看出，他已经在这种状态下工作了很长时间。

人类科技研究领域中，大脑研究无疑是最深奥的，也是最危险的。此前一系列失败的实验之后，包括苏丁丁的导师在内的顶尖学者进了医院，十几人或者住进了精神病医院或者成了植物人，其他研究人员纷纷离职或调走，经费接近枯竭，研究所进入了最艰难的时期。时至今日，研究所成了一块空牌子，所里只剩下苏丁丁一人，这不是因为他对科研有多么执着，而是因为他实在无处可去。

苏丁丁是个孤儿，出生时双腿残疾，在儿童福利院长大，好不容易大学毕业，成功进入研究所工作，没想到是这么个结局，好在研究所的编制还没有撤销，基本工资还在按时发着，他一个人待在地下室里，倒也落得清闲，只不过寂寞是难免的，他

苏丁丁坐在工作台前，目不转睛地盯着电脑屏幕，手“噼里啪啦”地在键盘上敲个不停。

有时觉得自己似乎被人类社会遗忘在角落中了。

门外突然传来急促的敲门声，把苏丁丁吓了一跳，他转动轮椅，打开门，两个快递员站在门口，身后放着一个巨大的包装箱。

“我的快递?”苏丁丁疑惑，“可是我没买过东西啊……”

“人类记忆图谱研究所，苏丁丁，电话×××，没错，就是你的。”快递员递过来一张单子。

苏丁丁摊开手，轮椅上，他的双腿自膝盖以下空空如也，“如果非说是我的，恐怕还要麻烦你们一下，帮我搬进来。”

片刻之后，快递员离去，苏丁丁看着眼前像是水晶棺材一样的东西有些发呆。

这时，突然响起“嘀嘀嘀”的提示音，苏丁丁扭过头，看见电脑屏幕上跳出一封新邮件，那是一张电子邀请函，封面是积雪的博格达峰，下面写着“为展示云上星球建设成果，兹邀请苏丁丁先生参加云上西域旅游体验活动，请务必准时报到，您的人生将从此改变”。

李绍坤醒了，他睁开眼睛，卧室里一切如常，墙上挂着他和陈茉慧的结婚照，他已经在这张床上躺了整整三年。

三年前，由于脑卒中造成的后遗症，他全身瘫痪，吃喝拉撒都离不开这张床，卧室就是他的整个世界。有时陈茉慧把他扶起来看看窗外，一条柏油路和匆匆走过的人们，路两旁，太阳在杨树繁茂的绿叶上留下金色的粼粼光影，很普通的景象却美得像是仙境。

这些年，陈茉慧很辛苦，要照顾自己、父母和孩子，还要工作。她辞去了清闲但离家远的秘书工作，在小区警务站当了一名辅警，还在警务站旁边开了家早点铺子，以便就近照顾他和孩子。三年来，女儿变成了活泼的小姑娘，自己竟然胖了两斤，只是陈茉慧像是从窈窕淑女一下子老了七八岁。

想到这些，李绍坤一阵心酸，不知道哪辈子修来的福分，竟然娶到这么好的妻子，可是……可是自己以后的生命注定黯淡无光，为什么要拉上小慧一起呢？他想放手了，这个冲动一次比一次强烈，枕头下面已经积攒了足够的安眠药，可是……可是他又多么的舍不得啊！

“叮铃”，手机响了一下，手机几乎是他了解外界的唯一窗口了，只是平时很少有人和他联系，这会是谁呢？屏幕上跳出一张电子邀请函，封面是积雪的博格达峰，下面写着“为展示云上星球建设成果，兹邀请李绍坤先生与陈茉慧女士参加云上西域旅游体验活动，请务必准时报到，您的人生将从此改变”。

2 周新疆

“我叫周新疆，新疆人。现在推开窗户，看，窗外的小河哺育了两岸的草原，那可是冰川水，非常高级的饮用水，再看远处，在草原和树林后面的大雪山就是天山。

“我可是北大毕业的正经高才生。我毕业那年，爸妈因为交通事故都去世了，家里只剩下奶奶，所以我回到村里陪奶奶。奶奶做饭、养羊、干农活儿，我不干。但是大家不要误会，我不啃老，我有高大上的正规工作。

“我上班步行，从我的卧室走到隔壁房间，连家门都不用出。我的办公室有20平方米，是一间虚拟环境适配室，我大部分工作时间都是在这儿过的，墙壁是柔性材料，磕磕碰碰的也不会伤着，这是光栅传感器，这是球状束带，这是我的神经网络工作服，还有这个最重要的，浸润式伺服舱，别看它像个水晶棺材，躺在里面，人体的各种生理需求都会被照顾得好好的，即使在虚拟世界待上一两个月都不会有问题，好啦，今天的工作就此开始，我要进伺服舱了。”

伺服舱启动，Vlog视频画面由室内转向室外。

一座山字形的雄伟建筑矗立在天池畔，与远处的博格达峰交相辉映。

“这就是我工作的单位——西域管理局，本人是一名资深管理员，现在你已经身处云上西域的虚拟世界了，很神奇吧，和真实世界的感受一模一样，我们认为这两个世界都是真实的，只不过一个由物质构成，另一个由数字构成。”

一座山字形的雄伟建筑矗立在天池畔，与远处的博格达峰交相辉映。

“这栋建筑是云上西域这块数字区域的核心地带之一，大约有3000多位工作人员，我是其中一个，属于行动6组，办公室在28层，顶层。我们不是警察，不是城管，不是抢险队员，不是清洁工，哦，不过这些事情我们好像都干。管理员可是个稀缺岗位，整个云上西域只有162名管理员。他们是我的组员，这位是李征战，和我一样，负责外勤，你没听错，这是位美丽的女生，却起了个男孩子的名字，这位是苏莫笑，负责协调调度指挥，他们的父辈是世交。”

“周组长，你迟到了。”李征战坐在全息投影前头也不回地说道。

“没有啊，差不多啊。”周新疆满不在乎地说道。

“你今天迟到28秒，昨天迟到32秒，前天迟到12秒，依据条例应取消外勤资格，调到内务部门。”

周新疆凑到李征战身前：“家里的鸡出笼了，奶奶说一定要给你留一只，那鸡可是喝冰川水、吃虫草长大的。”

“别在这儿嬉皮笑脸的，这件事必须上报。”

全息投影上适时亮起提示信息，周新疆赶紧转移话题：“有情况！”

“红山公园的露天演唱会出现适配重叠故障……尹天歌，我的偶像啊，这个让我来。”歌迷李征战激动地露出神经兮兮的表情。

“没问题没问题，让给你啦，”看到李征战不再追究迟到的事情，周新疆大方地挥手，“轮到我了，云上西域豪华无购物旅游团导游，这个只好我来了。”

旅游车驶上吐乌大高速，车前部的导游席升高并调转过来，周新疆面向车厢里的30多位游客，露出专业的微笑，挥了挥手。

“大家好，我是大家本次云上西域之行的导游，我叫周新疆，我们手腕上都有一个个人终端，”周新疆抬起手指着腕上像是手表一样的东西，“如果大家有什么需求，可以通过这个终端告知我。”

“咦，你的好像和我们的不一样。”苏丁丁看着自己的个人终端说道。

“我是大家的服务员嘛，功能按钮自然多一些，”周新疆敷衍道，“云上西域虽然是个虚拟的世界，但它基本上是按照真实世界构造的，希望大家能够在这里领略祖国的大好风光，我预祝大家旅行愉快！”

车厢里响起游客们的掌声。

“远处那是什么呀，很漂亮啊！”陈茉慧指着窗外兴奋地说道。

“这个啊，是柴窝堡风力发电厂的风车，”周新疆不以为然，“我们这一路还有很多享誉全国的著名景点，这里毕竟是虚拟世界，如果大家觉得乏味的话，我可以小小地作个弊，让旅游车加速行驶，大幅缩短枯燥的旅途，增加大家在著名景点参观的时间，当然，需要大家在个人终端上投个票。”

“不同意，不同意，”游客们的反应出乎周新疆的意料，“旅游嘛，就是要什么都看看！”

“风车常见，雪山下的风车可不常见，多美啊。”陈茉慧又说道。

“好吧，前面观景台，停车。”周新疆无奈地耸耸肩。

周新疆发现这个旅游团的游客们虽然年龄各异，却出奇的好奇心强，看见什么都跟见了绝世美景似的。看见游客们竟然像孩子一样在戈壁上撒欢儿奔跑，他有种不祥的预感，恐怕这次当导游是个辛苦差事。

果不其然，盐湖、达坂城，旅客都要停下来玩上一会儿，甚至看到小草湖收费站也要下车照张相，更别提葡萄沟和火焰山这样的著名景区了，周新疆再三催促才肯离开。到达柏孜克里克千佛洞的时候，天色已经完全黑了下来，只好等第二天再去参观，周新疆安排游客们品尝了新疆特色烤全羊，然后在千佛洞旁边的酒店住下，这时候他已经身心俱疲了。

任务备注上说明要全程照顾游客，所以接下来时间里，周新疆不能像往常那样下线回家休息，他在酒店找到自己的房间，衣服也没脱，就一头躺倒在床上。

手腕上的个人终端偏偏在这个时候响起了鸡鸣声——个人终端在视网膜上投射出一只雄赳赳的大公鸡，引颈长鸣。这是行动6组的吉祥物，代表组织的召唤。

3 火烧云事件

天池岸边，西域管理局。

周新疆略带恼火地走进行动6组办公室，本来还想抱怨一番，却见房间内灯火通明，李征战和苏莫笑正襟危坐，大屏幕上包括主管安全事务的副局长吕剑锋在内的八九个人的三维影像正面无表情地盯着自己。

等周新疆坐下，吕剑锋严肃地说道：“下面先让周新疆介绍一下白天的情况。”

“什么情况？”周新疆疑惑道。

李征战白了周新疆一眼，低声提示道：“就是旅游团的情况。”

“旅游团？挺好啊，”周新疆仍然一头雾水，“我带他们游览了柴窝堡、盐湖、达坂城、葡萄沟和火焰山，吃了烤全羊，住在千佛洞大酒店……”

“有什么不正常的？”吕剑锋问道。

“不正常，”周新疆思索，“没人走失，也没人生病，更没有投诉，哦，要说不正常，这些游客好像格外的活泼，对哪儿都充满好奇心。”

房间里传来轻笑，吕剑锋的眉头不易察觉地皱了皱，道：“赵科长，你来介绍一下。”

网络安全科赵科长面色阴沉地说道：“本月18号，也就是前天早晨6时0分，云上西域发生了火烧云事件，也就是网络入侵事件，而且是最高级别的。有人穿透了系统防火墙，却没有触发警报，这个人以管理局的名义发出了32封旅游邀请函，并且向这些游客邮寄了用于登录的浸润式伺服舱。”

“有造成严重破坏吗？”苏莫笑问道。

赵科长意味深长地看了苏莫笑一眼，道："目前没有造成损失，但是，'火烧云'本身就是最为严重的破坏，要知道，如果说虚拟世界是一个家园，那防火墙就是守护我们这个家园的长城，特别是云上西域这道长城是以3723台量子超算的算力为基石的，如果不算物理隔离措施，它的安全性甚至超过了核打击网络的防护等级，也就是说，我们这里发生了'火烧云'，那么核打击网络在入侵者面前也就形同虚设了。"

"什么黑客？这么厉害！"周新疆愕然道。

"还不明白吗，"赵科长苦笑道，"这根本不是网络黑客能够做到的，无关能力或者技术，而是算力！除非入侵者拥有堪比云上西域的计算硬件，这、这可能吗？"

"您的意思是说，可能某个国家或国际组织调集资源进行了这次入侵？"李征战猜测道。

"还有别的可能吗？"赵科长反问道。

"其实还有一个可能，"苏莫笑说道，"如果一个黑客组织有预谋地调集世界各地的民间算力，应该也是可以做到的。"

“其实，这两种可能也只是理论上的，”赵科长的脸色仍然阴沉着，“我们对这次火烧云事件进行了详细的扫描和反侦测，但是两天过去了，不要说找到入侵者，我们甚至没有找到有关入侵的蛛丝马迹，这、这根本不可能啊。”

“搞这么复杂，就为了让一群人免费旅游?”周新疆不解地问道。

“当然不会这么简单，入侵者一定在暗中酝酿着什么阴谋，只是还没到发动的时间，可怕的是，我们现在毫无头绪，根本无从防范。”赵科长道。

“还是让我们说说那些人吧。”吕剑锋说道。

周新疆突然醒悟：“您说的是我团里的游客?!”

李征战柳眉倒竖又瞪了周新疆一眼：“你以为呢?”然后看着电脑屏幕，接着说：“苏丁丁，男，24岁，未婚，身体残疾，双小腿缺失，在科学院人类记忆图谱研究所工作。李绍坤，男，32岁，已婚，重病中，瘫痪在床，失业。陈茉慧，女，30岁，已婚，李绍坤之妻，在城关派出所日月星光小区警务站当辅警……”

“这都是些普通人啊，而且来自全国各地，又各不相识……”周新疆道。

没有理会周新疆，李征战继续说道：“经过详细调查和交叉对比，这些人似乎是随机从全国人口中抽取出来的，就好像中了彩票似的，如果非要说共同点……苏丁丁就职的研究所经历了一系列实验失败，即将撤销编制；李绍坤常年瘫痪在床，而且这种病几乎没有治好的可能，他的妻子一个人要照顾丈夫、孩子还有双方父母。其他人也各有问题。也就是说，这些人在现实生活中都面临着重大危机。”

“但是这无论如何也解释不了火烧云事件，甚至根本是风马牛不相及的事情。”赵科长说道。

“也许并不是不相及，”苏莫笑说道，“从现有情报判断，这次火烧云事件的目的就是邀请这些人进入云上西域，那么两者之间一定存在着某种不为人知的联系，只不过是我们得到的信息太少，还无法察觉而已，所以我认为，我们一定要抓住这条线索牢牢不放。也许，当我们弄清楚其中的联系，整个事件也就水落石出了。”

吕剑锋点了点头，道：“小苏的想法有一定道理。”

周新疆道：“大家有没有想过还有另外一种可

能，我的意思是说，也许根本没有火烧云事件，没有某个国家或者黑客组织进行网络入侵，只是云上西域产生了一个系统bug，导致系统随机抽取了32个人并发出了邀请。”

“这个设想是符合逻辑的，实际上这是我们考虑的第一种可能，毕竟云上西域的防火墙从未被穿透过，甚至在无法找到入侵痕迹时，我们再次转向这个假设，但是网络安全科的最终结论是根本不可能，”赵科长说道，“大家都知道，云上西域的软件构架是由四级权限组成的，第一级是一个拥有最高权限的AI，也就是人工智能，它分管着第二级8个根AI，它们又分管第三级3723个次级AI，在次级AI的下面就是80万个四级AI，当然，在四级结构之下，实际上还有海量的应用AI，不过对这些应用AI进行系统管理已经不太实际了，它们就像是人体的细胞，不断繁殖与死亡，时刻处于生生灭灭之间，”赵科长停顿了一下，看了看大家，继续道，“我们假设在四级权限之下有一个系统bug向外部发送了一个错误的指令，那么它无论如何逃不过四级权限的层层追查。用于登录云上西域的服务器是一台独立的量子超算，由一级AI直接控制，而一级AI受到自动与人工的严密监察，拥有强大的防护与纠错能力，即便它被突破了，也根本不可能不留痕迹，除非……”赵科长犹豫了一下，又自嘲地摇摇头，“那根本不可能。”

“除非什么？”苏莫笑追问道，“我认为没有什么是不可能的。”

“除非在底层的那个bug获得了比系统内所有的AI权限还要高的权限，除非那个bug比系统内所有AI的智力再高一个量级，才能向外发送未经审查的指令并且不留任何痕迹，你认为那可能吗？”赵科长反问。

“啊……”苏莫笑哑口无言，有些尴尬地喃喃道，“那、那确实不可能。”

行动6组的办公室内一下子鸦雀无声，众人都在思考着，这时，一盏红色的警示灯亮了起来，赵科长接通了视网膜通话，低声与对方交流着什么，脸色愈加阴沉，他转向吕剑锋大声说道：“吕局，我们刚刚侦测到一次未授权登录。”

“说详细些。”吕剑锋道。

“出现火烧云事件之后，我们增加了80台量子超算和最新的防火墙AI用于寻找系统漏洞，同时增加了对全系统的扫描频次和深度，就在8分钟前，我们发现有人再次穿透了防火墙，匿名登录了云上西域，具体位置在这里。”

赵科长调出了一幅3D地图，显示出一片山地，一个白点在山地间时隐时现。

周新疆马上就认出来：“那不是柏孜克里克千佛洞吗？”

“对，就是那里。”李征战也点头道。

“能知道登录者的更多信息吗？”吕剑锋问道。

“没有，只有这个位置信息，”赵科长说道，“但是从匿名登录者出现的位置就可以说明与火烧云事件的相关性，我认为我们抓到关键点了，吕局，只要我们找到登录者，就能顺藤摸瓜解开真相。”

吕剑锋没有表态，看着众人说道：“我来分配一下任务吧，由赵科长带领网络安全科继续严防死守，务必保证不再发生火烧云事件；匿名登录者情况不明，暂时先不要打草惊蛇，小周，既然你的旅游团就在千佛洞，那么还是由你负责与匿名登录者接触一下，行动6组的其他组员随时待命准备支援。”

赵科长调出了一幅3D地图，显示出一片山地，一个白点在山地间时隐时现。

4 我是谁

柏孜克里克千佛洞，位于火焰山中，木头沟西岸的悬崖上。

这里始凿于麴氏高昌时期，唐初称为宁戎寺，9世纪末以后为回鹘高昌的王家寺院，13世纪末逐渐衰落，成为民间寺院，现存洞窟83个，洞窟内的壁画极为精美，但这里曾屡遭盗劫破坏，大面积的壁画被盗走。

柏孜克里克千佛洞，位于火焰山中，木头沟西岸的悬崖上。

云上西域在构建千佛洞的时候做了数字修复，让那些别具一格、色彩艳丽、巧夺天工的壁画重新出现在洞窟中。

周新疆来到千佛洞景区门口时已近午夜时分，天空中星月暗淡，四下里几乎漆黑一团，寂静无声，只有木头沟两岸的崖壁隐隐显出轮廓。

周新疆打开一支微型手电筒向前走去，旅游商店内都黑着灯，他站在千佛洞最高处，个人终端将行动6组发来的定位地图投射在他的视网膜上，但是精度明显不足，代表匿名登录者的白点几乎有半个景区大。

在最高的一层，周新疆没有发现异常。下一层，还是一切如常，再下一层，仍然没什么发现。他仔细检查每一扇门，洞口的木门都上着锁，走了一圈，还是一无所获，看着地图上显示入侵者的白点渐渐缩小范围，几乎与自己的位置重合，周新疆有些无奈。

他心里总感觉有些不对劲，又走了一遍，他发现问题了。在走廊中央部分出现了一条向下的台阶，在周新疆的记忆里，云上西域千佛洞向游客开放的区域只有三层啊，怎么会出现了新的台阶，个人终端存储的资料也印证了他的想法，难道这里更新了新的景观，但档案资料还没来得及更新?

周新疆下到了陌生的第四层，这里已经接近河谷的底部，下面不远处就是静静流淌的河水。这一层只有两个洞窟，左边洞窟里闪着微弱的光。

周新疆放轻脚步走了过去。洞口的木门虚掩着，他侧身进入。光来自洞窟最深处。一个一身白衣的女子，背对洞口，高举油灯，她的长发像静静流淌的河水。原来是油灯的灯光。

周新疆定了定神，向女子走去。这时他才发现女子面对的是一幅大型壁画。壁画的内容是一组佛教故事，她目光停留在左上角的部分。奇怪的是，那里只是一块空白，除了单一的红色，什么也没有。

走到白衣女子身后，对方似乎仍然没有察觉，周新疆闻到一股淡淡的气息，不是香水，倒像是医院里的消毒水。

周新疆对着壁画看了一会儿，还是疑惑，忍不住道：

“这幅壁画，看笔法应该是唐代初年所画……”

女子霍然回过头。周新疆就看到了一张清秀但有些苍白的面孔，以及一双熠熠如星光的眼睛，他的心在那一刻如同平静的湖面被丢进了一颗石子。

“你能看懂?”女子惊讶道。

“哦……”周新疆道，“不过有一点不明白，你看的地方似乎只是红色的背景，什么也没有啊?”

女子微微一笑，露出两个酒窝，贝齿在唇间隐现。不知道是不是因为油灯散发的温润光芒，女子的容颜仿佛融入了壁画，像是一位裙裾飞扬、眉目如画的飞天仙女。

“如果你眼里看到的壁画是佛像的话，这里确实是留白，不过……在这幅画下面还有一层。”

女子的手在墙壁上挥过，佛像竟然像阳光下的冰雪一般快速消融，另一幅壁画逐渐显露出来。

“樵夫砍柴图!”周新疆惊讶道。眼前的壁画，画面构图和风格与上一幅截然不同，古朴了许多，颜色也褪了不少。“这幅画虽然是民间故事，但是其中融入了很多神话传说，所以壁画的完成年代应该是在东汉时期。不过，即使在这幅图里，你看的地方也只有一片抽象的山间林地，看不出什么特别啊？”周新疆问道。

女子原本有些冷漠的表情忽然温和了许多：“能欣赏这幅画的人可不多，没想到你还是位专业人士。”

周新疆有些不好意思：“我可不是什么专家，只不过比较喜欢这些，新疆人哪有不喜欢新疆文化的？”

“时过境迁，更换壁画是常见的事情，画匠们习惯在原来的壁画上涂泥刷白重新绘画。只不过像这幅樵夫砍柴图保存得这么完好却是罕见，但你一定想不到，”女子说着，再次挥了挥手，“这壁画还有第三层。”

樵夫砍柴图同样淡去，另外一幅完全不同的壁画逐渐清晰。

“是不是很吃惊，”女子道，“在柏孜克里克千佛洞考古史上，还是第一次复原出这么清晰的第三层壁画，简直是个奇迹。”

周新疆痴迷地望着壁画。现在他看到了，在女子注视的地方，虽然线条简洁，但寥寥数笔就将一位古代少女栩栩如生地展现出来。

“这一定是洞窟里最初的壁画，没有宗教内容，完全是当地的传说故事，大概是在汉代早期吧，那时候西域都护府还没有建立，”周新疆猜测，“千佛洞也还没有形成，这应该是木头沟的第一窟，这壁画的技法虽然有些拙劣，用色也比较单调，但呈现出来的画作，结合当时绘画水平来看，无疑是考古史上的瑰宝。”

“别再说自己是个爱好者了，你的分析和我们长期研究的结论也相去不远了。”女子看着周新疆的目光亮了一下，说道。

“真的只是爱好，”周新疆有些尴尬地解释，又问道，“你们研究过这幅壁画的内容吗？”

女子望着壁画，她的面容竟然奇妙的与画中的女子有些相似。

“画中的女子叫作云小宛，出生在附近的村庄里，她本是一个普通的女孩儿，在村庄里度过了快乐的童年，她渐渐长大，出落得亭亭玉立，她的歌声如同夜莺一般动听，村里的人们都非常喜欢她，”女子慢慢道来，似乎亲身经历过那段历史，“小宛到了出嫁的年纪，方圆百里的人家都来求婚，但她都不为所动，她早已心有所属。相邻的嬴家是从遥远的东方迁徙来的，在村里已经居住了三代，嬴家的少年嬴昀与小宛青梅竹马，又在不知不觉中互生情愫。”

周新疆忍不住插嘴：“原来是个老套的故事。”

“人类的历史不就是一次次的轮回与重复吗，”女子叹息一声，接着道，“这样的故事虽然平淡，可这不就是最美好的生活吗？可惜美好往往只存在于期望中。”

周新疆品味着女子的话，便觉得很有道理，他没有言语，等待着女子说下去。

女子的注意力再次融入壁画中：“双方的父母对这桩婚事也很支持，只是嬴家有家规，男子成年后首先要离家远游，历练一番，有所成就之后才能成亲……”

女子停顿下来，因为目力所及之处的壁画剥落了一大块，犹豫了一会儿，女子遗憾地摇摇头，略过了空白处，接着讲述这个古老的故事。

“嬴昀离开了村庄，过了一年，又过了很多年，嬴昀始终没有回来，这些年里，小宛遍读典籍，研习医术，一边治病救人，一边等嬴昀回来……”

女子又停下来，因为壁画又缺了一块，但是周新疆从女子的声音里感觉到她情绪的波动，她的眼里竟然泛起了泪光。周新疆有些疑惑，如果不是觉得荒唐，他真的以为女子就是云小宛，或者她们之间有着某种紧密的联系。

终于，女子平复了情绪，她的目光变得有些决绝：“有一天，嬴昀突然回来了，但是他的身后有数不清的外族骑兵，嬴昀仿佛不认识小宛一般……外族士兵劫掠了村庄，抓走了村里的青年，连嬴昀的家人也没能幸免……幸存的村民迁怒于小宛，把她关进羊圈里，准备用火烧死……夜里，小宛挣脱了绳索，连夜逃走，流浪在深山之中……她碰到了一群狼，被狼王接纳，从此与狼群生活在一起……”

女子停了下来，目光有些呆滞，似乎灵魂被带走了一般，壁画应该还有很多内容，但是在此之后全部损毁了，只留下坑坑洼洼的墙面，上面混合着一些无法辨别的颜色和线条。

“后面的壁画损坏了，很彻底，三层壁画和墙体一同坍塌了，小宛的故事恐怕要永远淹没在历史中了。”女子幽幽地说道。

“唔，”周新疆也有些失神，他感受到女子的情绪还沉浸在壁画的故事中，“也许……故事最后会有一个美满的结局。”

女子摇摇头：“从这些画面来看，小宛的命运一定非常悲惨……”她从壁画上收回目光，情绪低落，转身向外面走去。

周新疆这才想起此行的目的，跟在女子身后问道：“你好，我们认识一下，我叫周新疆，是个导游，请问你叫什么名字？”

“我，”女子回过头来，望着周新疆，她的目光由清澈变得迷蒙起来，“我是……我是……我是谁？”

她低头思索，过了一阵，猛然抬头盯着周新疆，目光如同混乱的星空。

5 身份不明

千佛洞大酒店423房间，灯火通明。

周新疆坐在靠近窗户的椅子上，目光落在床上，身份不明的白衣女子侧躺在床上，黑发遮住了她的脸颊。

“我找到她了，她就在我的房间。”周新疆在视网膜屏幕上投射出一行字，然后又删去了。他已经犹豫了很长时间，这种情绪从来没有过，他也不知道自己是怎么了。

忽然，屏幕上收到李征战的信息：“怎么样了？没事吧，也不吱一声！”

周新疆回复：“没事，还在开会吗？”

“早下班了，我在家，要睡了，关心你一下。”

“我这里没人支援了呀？苏莫笑呢？”

“大概和网络安全科的人还在关注吧，你在云上，又没什么要命的。对了，找到不明登录者了吗？”

“找到了，在床上。”

“白瞎老姐还担心你！”

“咔嗒”一声，李征战掐了线。

周新疆一惊，才明白自己话里的漏洞，恐怕让李征战误会不轻，正准备回拨过去。

躺在床上的女子缓缓坐了起来，问：“我……这是在哪？”

“在酒店，这是我的房间，你没事吧？”周新疆回答。

女子下了床，身体有些摇晃。“对不起，刚才在千佛洞，不知怎么，忽然就失去了知觉。”

“没事就好，你就在这里休息，我再开间房。”

“不，我还是回自己房间吧，谢谢你。”

周新疆想上前扶她，却犹豫了一下，这时女子已经拉开了房门。“你真的还好吧？”周新疆在身后问，女子没有回头，挥了挥手，周新疆跟上几步，看见女子的身影消失在楼道的拐角处。

这一夜，周新疆没睡踏实，做了许多纷乱的梦，最后梦见那个白衣女子向自己微笑，却突然露出惨白的獠牙。周新疆惊醒，发现天已大亮。

他连忙起来，发了一份情况简报给行动6组，然后用个人终端检索酒店的住宿情况。视网膜屏幕显示的信息中，符合白衣女子特征的有6个人，但看照片却都不是她。真不愧是技术高超的不明登录者，要么篡改了个人信息，要么根本就没住在酒店。

过了一会儿，行动6组回复：网络安全科仍在侦查，尚无新的进展，继续导游任务。

带旅游团参观千佛洞的时候，周新疆发现通向第四层的台阶消失了，看来昨晚的洞窟也是白衣女子在云上西域世界里单独构建出来的，不禁对她的能力惊叹不已，连忙向组里做了补充汇报。

一天逛下来，周新疆很是辛苦，一回到房间就躺下了，一动也不想动，不知不觉就睡着了。

朦胧中周新疆听到了敲门声，他迷迷糊糊打开门，顿时精神了——白天不见踪影的白衣女子正站在门口。

女子说：“抱歉，打扰你了。”

“没、没有啊，”周新疆指了指自己穿戴整齐的衣服，连忙道，“你瞧，我还没睡。”

女子浅浅一笑，道：“想着你那么喜欢壁画，不知道……你还想不想再去石窟？”

“好呀。”周新疆欣然同意。

两人肩并肩走入柏孜克里克千佛洞，通往第四层的台阶再次出现了，他们在洞窟里待了很久，接近黎明的时候才出来。

周新疆虽然喜欢壁画，但也仅是喜欢，远远算不上痴迷，他对壁画的了解大部分源自母亲的教导，如果让他连续看上一晚上壁画的话，那是无论如何也不行的。可是这两次，他感觉自己对壁画的喜爱一下子上升到新的高度，一夜过去，竟短暂得如同过了一分钟。

酒店大堂里，周新疆问道：“你也住这里吗？”

看来昨晚的洞窟也是白衣女子在云上西域世界里单独构建出来的。

“可以啊。”女子回答。

“唔，不知道方不方便问下……”

“我的名字？”这一次女子的目光不再迷惘，看来她想起自己是谁了，女子笑道，“你可以叫我云小宛。”

“云小宛……”周新疆感觉自己被捉弄了，心有不甘，道，“我送你到房间？”

“不，我送你，谢谢你陪了我一夜。”

电梯正好停在一楼，进了电梯，周新疆问道：“我们还会见面的，对吧？”

“或许吧。”女子回答，声音听起来有些缥缈。

“可以留个联系方式吗？”

“好的。”

周新疆个人终端里便多了一个名为云小宛的联系人。

“叮铃”一声，电梯到了四层。周新疆一个人走下电梯，看着电梯继续上升，升到了18层才停下。然而，千佛洞酒店只有16层。

回房躺到床上，天已经蒙蒙亮了，基本没有睡觉的时间了，但是周新疆一点也不觉得疲惫。他启动个人终端，选取联系人云小宛，输入：“睡了没?”然后又删除了，重新写道：“和你在一起的感觉真好。”犹豫了一下，又删除了，就这样反反复复，直到天亮也没有发出一条信息。

周新疆起床，洗了个澡，在个人终端里群发了信息，通知游客们起床、吃早餐。

云上西域是一个囊括线上线下的一体系统，访问者需要在浸润式伺服舱的护理之下才能登录系统。一旦进入云上西域，伺服舱将负责护理人体的各项生理需求，使访问者的身体在登录期间始终保持健康状态。在自动模式之下，伺服舱根据检测到的生理数据来自动完成进食、排泄、模拟运动等工作。不过大多数情况下，伺服舱是在被动模式工作的，即伺服舱与云上西域系统实时联动，当登录者在虚拟世界吃饭时，伺服舱会为身体注入营养剂，睡觉时，伺服舱让身体进入放松状态，而运动时，伺服舱又会通过震动波等手段使身体对应部位的肌肉达到运动效果。当然，一旦登录者在云上西域世界经历某种超越现实中肌体极限的状况时，伺服舱也会拒绝执行，至少理论上是这样的。

实时网络沟通了现实与虚拟世界，虽然目前尚有诸多不足，但人类完全生活在虚拟世界已经逐渐成为现实。

吃过早餐，清点了游客人数，看着大家排队登上旅游大巴，周新疆的心里有些许失望，要离开了，也许，再也见不到她了。

最后一个登上大巴，周新疆正准备向大家介绍接下来的行程，却突然一怔。旅游大巴前部，与驾驶席并排面向乘客的两个导游席，一个是周新疆的位置，另一个则空着，而现在空位上坐着一个穿白色连衣裙的少女。

周新疆装作若无其事，但是他的精神状态发生了明显变化，站在自己的座位前，面对着一车的游客，他挥了挥手，示意大家安静，然后说道：

“各位亲爱的游客，我们即将前往的下一个景点是阿斯塔那古墓群，那里有晋代至唐代高昌居民的墓地，堪称‘吐鲁番地下博物馆’，墓中出土了大量文书、绘画作品，是研究古代西域居民的民族文化的珍贵标本……”

周新疆正说着，苏丁丁插话：“周导，您这么辛苦，不如让您身边新来的那位导游给我们介绍吧。”

陈茉慧也笑吟吟地说道：“新来的这位女孩儿好俊俏哟，周导，不是你的女朋友吧！”

这些游客似乎一个个唯恐天下不乱，车厢里爆发出一阵哄笑，周新疆的脸一下子红了。

听听科幻广播剧，
学学科幻小知识
开启你的科幻之旅

6 阿斯塔那与高昌

阿斯塔那古墓群相距千佛洞只有十公里左右，旅游车开了十几分钟就到了。像前两天一样，游客们下了旅游车，立刻四散开来，根本没人听周新疆的讲解。

周新疆连忙喊道："苏丁丁，还有李绍坤和陈茉慧，你们三位请留步。"看着三个人疑惑的眼神，他继续说道："昨晚接到云上西域旅行社的特别通知，原来三位是VIP客户啊，旅行社要求我为你们提供特别讲解服务，请各位不要离开我超过十米距离。”

云小宛也跟过来。于是周新疆就带了她和苏丁丁等人进了古墓群。放眼望去，一片空旷无边的戈壁荒漠，密密麻麻数不清的低矮土丘点缀其间，几乎不见一点绿色，只是偶尔掠过一阵灼热的风，荡起灰雾般的尘土，在古墓群上空弥漫，让人莫名地有些失落和伤感。

“这是一座城。”云小宛忽然说道。

“什么?”周新疆一怔。

云小宛把目光投向远方：“那里也有一座城，曾是高昌国的国都……”

“云小姐，”苏丁丁兴致盎然地问道，“我怎么觉得，你比周导说得好啊?”

云小宛嫣然一笑：“因为……这里就是我的家乡啊。”

说话间，云小宛意味深长地看了周新疆一眼。周新疆一时想不出该说些什么，自己对这个神秘的女孩儿几乎一无所知，虽然对于千佛洞的壁画、对于高昌的历史，女孩儿都表现得非常专业，而且充满了热爱与眷恋，但是她怎么可能是云小宛呢——那个死去千年，消散在历史中的少女。只有一个答案，她不想暴露自己的身份，可看着她那清澈的目光，又哪里像撒谎的样子。

阿斯塔那古墓群虽然占地面积非常大，但是可游览区域并不大，没过多久，游客们纷纷返回旅游大巴，车子启动，只用了几分钟就到达了不远处的高昌故城。

之所以叫作“故城”，而非“古城”，是因为曾经车水马龙、极度繁华的都市已是一片残垣断壁的不毛之地，生命罕至。

高昌故城呈不规则方形，周长约5.4千米，主要有外城、内城、“可汗堡”三部分；其外城城垣残高5—11.5米，墙基宽约12米，夯土筑成。全城有数个城门，远远望去气势恢宏，从戍边屯兵的据点到地方政权的都城，年岁更迭，斗转星移，由于吐鲁番盆地气候干燥炎热，高昌城虽被废弃，仍保持着古代的大致原貌。

对于历史或者考古爱好者来说，高昌故城无疑是古代西域文明的瑰宝，漫步在城墙、寺院、王宫、民居的废墟间，时光仿佛倒转，这座连接中亚的、贸易往来活跃发达的城市如同复活了一般。

考虑到夏天时这里如同火炉一般炎热，连偶尔掠过的风也卷着滚滚热浪，所以云上西域在虚拟世界中稍稍做了改变，一座外形仿古、内部却十分现代化的酒店就坐落在高昌故城附近，酷暑难耐的游客可以坐在酒店的咖啡厅内享受凉爽的空调，同时欣赏窗外的故城美景。

参观完毕，周新疆带大家来到酒店咖啡厅休息。

云小宛的目光始终落在窗外，周新疆把一杯咖啡端到她面前，问道："这里，你也很熟悉吗？"

"我说不清楚，"云小宛仍然望着窗外，轻声叹息道，"我好像在这里居住过很长一段时间，可是细想起来，又几乎是一片空白，反而觉得陌生，也可能……这里并不是真正的高昌。"

周新疆微微皱眉，想了想，还是说道："我觉得你过于痴迷于西域文化了，导致你的大脑认知出现了混乱或者错觉。"

云小宛没有反驳："可能吧，或许我真的迷失了自己。"她回过头，真诚地望着周新疆，说道："我说自己叫作云小宛，并不是有意欺骗你，是因为我对这个名字真的非常熟悉，好像它原本就是我的名字一样，不过我也很清楚，那是壁画里的传说人物，可是……我究竟是谁呢?”说到这里，女孩儿有些失神:“如果可以的话，希望你帮帮我。”

“好，你别急，不管发生什么事，我一定帮你弄清楚。”周新疆毫不犹豫地回答，他知道女孩儿的身份可疑，也知道隐藏的凶险甚至可能危及整个云上西域，可他就是没由来地相信她。

夜晚，躺在客房的床上，周新疆正在思索云小宛说过的话。忽然间，一道五颜六色的闪光在周新疆的窗外绽放开来，他一时间有些迷惑，紧接着第二道如同极光般美丽的光带闪现窗外，他霍然起身，快步走到窗前。窗外，高昌故城前的广场上空，一道道五彩斑斓、璀璨绚烂的烟花在夜空中不断绽放，把整个故城映衬得如同神话世界一般。民居、王宫、寺庙、城墙……那些散落在戈壁滩上，一座座坟墓般的建筑遗迹，像是叠加上了一层海市蜃楼一般的光影，再现出或气势恢宏、或连绵不绝、或车水马龙的古代景象，光影流转中还隐约有穿着古代服装的商队牵引着骏马或者骆驼在街道上行走。

周新疆疑惑，他确定这不是西域管理局增加的旅游项目，那么是谁呢？谁能有这么大的能力？要知道这么大面积的复原场景效果，没有长时间的筹备，没有十几台量子超算的支撑，是根本不可能实现的，难道……

周新疆的目光在这片梦幻般的光影世界里逡巡，果然，广场上，他找到了一个非常熟悉的白色身影。

游客们纷纷欢呼起来，兴奋地冲出酒店，涌到广场上。宽阔的广场很快就挤满了人。与此同时，似乎是为了渲染气氛一般，巨大的音乐声响彻整个高昌故城，听起来是琵琶之类的民族乐器在演奏，乐声悠扬，时而荡气回肠，时而哀怨悠远，仿佛厚重的西域历史扑面而来。

广场中央，云小宛不知何时换上了一身黑红相间的古代服装，随着音乐舞蹈起来，裙裾飞扬，舞姿曼妙，引得游客们连连鼓掌。更有许多游客簇拥在云小宛周围一同起舞，广场越来越热闹。

民居、王宫、寺庙、城墙……那些散落在戈壁滩上，一座座坟墓般的建筑遗迹，像是叠加上了一层海市蜃楼一般的光影，再现出或气势恢宏、或连绵不绝、或车水马龙的古代景象，光影流转中还隐约有穿着古代服装的商队牵引着骏马或者骆驼在街道上行走。

周新疆也走出酒店，游客们自动为他让出一条通道。通道尽头，正在舞蹈的云小宛笑吟吟地面向周新疆轻轻招了招手，周围传来游客们的起哄和欢笑声，一浪高过一浪。

听听科幻广播剧，
学学科幻小知识
开启你的科幻之旅

7 逝者重现

广场上的狂欢，周新疆一直觉得像是在梦中一般，因为他的记忆极为模糊，他依稀记得自己和云小宛跳了好几支舞，后来还和认识的、不认识的游客们一起跳舞，又拎着酒瓶子和一群年轻游客比酒量，在酒精和乐曲的发酵之下很快陷入飘然欲仙的状态。

周新疆醒来的时候，发现自己和衣躺在房间的床上，外面天还没有大亮，他感觉头晕目眩，摇晃着站起身，把桌上的半杯凉茶一饮而尽。

个人终端响起了鸡鸣声，周新疆定了定神，有些摇晃地出现在西域管理局行动6组办公室，不出所料，这里座无虚席，空气格外凝重。

几乎从来不曾亲身出现的吕剑锋副局长，此刻就坐在会议桌的另一头，他看向周新疆："简报上说你找到了匿名登录者，你来介绍一下，尽量详细一些。"

周新疆努力整理思路，才把在千佛洞见到白衣女子以及几天来相处的情况一一叙述。

听周新疆说完，吕剑锋微微皱了下眉，道："你喝酒了？"

"一点点……我早就清醒了。"周新疆心虚地回答，余光瞥见李征战撇了下嘴，而旁边的苏莫笑一副欲言又止的样子。

吕局长沉吟了好一会儿，又道："小周，说说你对匿名登录者的判断。"

"我对她有两点印象深刻，"周新疆说道，"首先是她对云上西域情况的了解程度，第一次见到她是在千佛洞第四层的一个洞窟内，里面的壁画保存完好，与其他三层洞窟经过大规模盗掘的状况截然不同。我调取了最新的系统资料，证实云上西域千佛洞只有三层，也就是说第四层应该是她凭借一已之力在系统内构建出来的，这个能力无疑需要掌握云上西域的顶级权限和海量算力才可能做到。我本来认为这是根本不可能的，可昨天晚上她竟然在高昌故城上演了一场海市蜃楼般的灯光秀，证明她身上这可怕的能力都是真的，这真的不可思议，还希望网络安全科来解开这个谜，”周新疆看了看吕剑锋，发现他在低头沉思着，并没有打断自己的意思，便接着说道，“另外一点，是她的考古专业能力和对西域历史的熟悉程度，在千佛洞她详细分析了新洞窟的三层壁画，几乎涵盖了古代西域相当长的历史时期，以我个人的判断，至少达到了专家级别，此后在阿斯塔那古墓群和高昌故城的接触中也证实了我的想法，说实话，我与多位历史爱好者有过接触，但是像她这么专业的却是少见，”他感慨地叹息了一声，继续道，“我实在想不通，怎么会有人在两个截然不同又极为专业的领域达到如此高深的造诣。”

“你说这个女孩叫云小宛？”李征战面无表情地问道。

周新疆点点头，“是的，”马上又解释道，“当然，这是壁画传说中一个女孩子的名字，不会是她的真名，不过我不认为她是有意……”

李征战打断他：“你想知道她的真实姓名吗？”

“真实姓名？”周新疆的眼睛一亮，“当然，难道……”

李征战没有再看周新疆，而是环视一周后把目光投向吕剑锋：“根据周新疆简报中的描述和匿名登录者照片，我们6组在全国人口档案中进行了检索，原本我们没有对此抱什么希望，毕竟根据匿名登录者的入侵能力判断，对方可以轻易改变外貌，那么一个彪形大汉也可以在虚拟世界变为一位翩翩少女。”说到这里的时候，周新疆感到李征战的目光似乎朝自己这边闪了一下。

“不出所料，我们没有检索到匹配对象，后来，苏莫笑提议扩大检索范围，这一次有了发现……”李征战将两张照片投射到大屏幕上，一张是周新疆拍摄的白衣女子的照片；另一张照片上是一个看起来很是文静的女孩子，背后是某处考古发掘现场，虽然两张照片上的女子在衣着和气质上略有不同，但一下子就可以认出是同一个人。

李征战继续说："照片中的女子叫作柳若涵，说起来和云上西域的联系很是紧密，她是国家考古研究所常驻新疆的研究员，除了自己的考古研究之外，还为云上西域基础构建提供专业咨询。当然，这并不能证明周新疆见到的匿名登录者就是柳若涵，不过进一步调查之后，我们得到了一个消息，半年前，在柏孜克里克千佛洞的实地考古现场发生了一场事故，一座正在发掘的洞窟发生了坍塌，是的，就是周新疆提到的第四层洞窟，因为尚未发掘完毕，所以云上西域系统还没有进行模型修正。在坍塌事故中，柳若涵被埋在洞窟里，虽然后来抢救出来，但是已经成了植物人，此后一直在乌鲁木齐第二人民医院接受治疗，始终没有醒来。就在三天前，也就是火烧云事件之前不久，柳若涵的生命体征消失，医院宣布了她的死亡。我想说的是，匿名登录者不可能是柳若涵，有人盗用了她的身份信息，可能还包括她在云上西域的权限，以达到不可

虽然两张照片上的女子在衣着和气质上略有不同，但一下子就可以认出是同一个人。

告人的目的。”

说罢，李征战看向周新疆，目光里含着某种复杂的意味，周新疆呆若木鸡，彻底傻眼。

“网络安全科这边也谈谈。”吕局长说。

“在周新疆与匿名登录者接触的同时，我们始终在后台监视，为了不惊动对方，还没有采取主动手段。有一点小周说得非常正确，对方的能力极为强大，可以说，对方在千佛洞和高昌故城的所作所为，即使云上西域的软件开发团队，仓促间也无法做到。此外，当对方出现在云上西域的时候，各项数据与正常游客几乎没有区别，可她是如何上线和下线的，却始终无法锁定，而且，我们用尽了办法，还是连一点儿可供顺藤摸瓜的线索也搜寻不到。”赵科长的语气十分无奈。

“到现在仍然毫无进展?”吕局长问。

“是这样的，”赵科长点头承认，“我想说，我们面对的绝不是普通的网络黑客，对方的能力超乎我们想象的强大。”

吕局长面露不悦：“这么说，我们对这位登录者就毫无办法喽?”

“办法是有的，而且由于小周能够与对方近距离接触，几乎可以确保成功，”赵科长道，“我们为此制订了详细计划，大致步骤是这样，”赵科长将一张图片显示出来，“这个看上去是一个微型注射器，但实际上是一个病毒程序，由网络安全科自行研发，作用是侵染和定位。我们知道，人类在云上西域系统登录的都是虚拟仿真形象，但是其中包含大量真实人体的生理信息，一些关键信息还会与真实世界实时链接。我们无法跟踪匿名登录者的原因就是无法锁定这条链接，每次我们试图锁定的时候，它就像烟雾一般消散在系统中了。而这个病毒只要注入匿名登录者的体内，就可以将其虚拟形象侵染，或者说标记，这样，无论她逃往哪里，都会被安全科牢牢锁定。”

“这个……病毒会对她造成实质伤害吗？”周新疆有些犹豫地问。

“不会，很安全，毕竟是虚拟系统嘛，”赵科长道，“当然病毒有可能会造成匿名登录者的实时生理参数变化，这么看可能会有一定危险性。不过浸润式伺服舱有自动程序的嘛，一旦侦测到参数异常，自然会自动调整的。”

“关于你们的计划，继续说下去。”吕剑锋道。

“计划的第一步，由小周在与匿名登录者接触的时候，将病毒注入其体内。一旦完成，第二步跟上，网络安全科将暂时切断云上西域与现实世界的网络链接，将对方困在系统之中，当然这么做会令云上西域的游客产生一定程度的混乱，不过对游客自身并没有安全风险。第三步，埋伏在周围的组员们即可出动，实施抓捕。

“考虑到匿名登录者具有强大的网络能力，我们准备布下三层抓捕网，第一层由行动组进行抓捕工作，第二层由我们网络安全科架设云上世界的系统追踪网，第三层由可可托海计算中心的开发团队组成硬件防火墙，并随时对云上系统进行支援。有这三层天罗地网，相信匿名登录者插翅难逃。在抓捕成功之后，我们就会从匿名登录者的虚拟形象中提取所需关键信息，从而反向追查到对方的真实身份。”赵科长说。

“大家觉得这个计划可行吗，或者计划中还有什么漏洞吗？”吕剑锋看了看众人，问道。

“我认为可行。”李征战回答。

“我同意，不过对方能力强大，甚至超出我们的想象，我建议行动时由局里给予行动组云上西域最高权限。”苏莫笑说。

吕局长点了点头，盯着周新疆：“你有没有什么意见?”

周新疆没说话，木然地摇了摇头。

“好吧，既然大家没有意见，我们就按赵科长的计划进行吧，行动1组至8组组成特别行动队，负责布控并实施抓捕，这是第一张网，网络安全科负责第二张网，我来联系可可托海，让他们组成第三张网，至于给匿名登录者注入病毒，”吕剑锋道，“当然非周新疆不可，小周，这次的行动一旦失败，火烧云事件就可能永远成为不解之谜，这是我们西域管理员的耻辱！所以记住，一定要保证成功，同时注意自身安全。”

“是!”周新疆条件反射般回答。

办公室里的人都散了，周新疆还站在原地，像雕塑一样。李征战停下脚步，回头看了一眼，然后下定决心似的迅速回到自己的办公桌前。

8 柳若涵

半个小时过去了，周新疆仍然一言不发。

“瞧你那垂头丧气没精打采的样子，”李征战一副恨铁不成钢的样子，“别忘了，柳若涵已经死了，你在云上西域见到的根本不是她，说不定那张漂亮脸蛋儿后面是个大老爷们儿呢！”

“新疆啊，”苏莫笑道，“征战的脾气虽然不好，但她的话是有道理的。至少，在任务完成之前，我们不能顾虑太多。”

周新疆的目光从李征战挪到苏莫笑，然后又挪到李征战，小心翼翼却又非常坚定地说：“刚才我把这几天和她相处的过程仔细想了一遍，我觉得……即使她不是柳若涵，也一定是个心地善良、没有心机的女孩子，与什么阴谋诡计之类的毫不相干，我相信自己的直觉，也希望你们相信我。”

“直觉？你对女孩子很了解吗？”李征战嗤之以鼻。

周新疆有些脸红：“我，我对女孩儿当然不了解，可我就是相信她。”

“新疆，你不是喜欢她吧？”苏莫笑有些吃惊。

李征战瞄了苏莫笑一眼，笑道：“不是喜欢，是很喜欢！”

“我就是喜欢她！怎么样？”周新疆有些恼火。

回到酒店，天色已近黎明。周新疆冲了个澡，仍然感到疲惫。站在镜子前看着脸色略显苍白的自己，想了半天，还是没有主意，不禁叹了口气，短短几个小时，他好像快把这辈子的叹息都耗光了。

无论如何自己是无法逃避的，这是职责所在。

他却不由自主地枯坐在沙发上，没有张罗游客们的早餐，也没有组织大家集合，直到旅游大巴开车时间过了三分钟，才懒洋洋地走出酒店。这30多位游客精力旺盛，原本让他头疼不已，可现在——拿出你们唯恐天下不乱的本事来吧。

登上旅游车，车上坐得满满当当，苏丁丁、李绍坤夫妇……这些“好事分子”一个不少，再一看，导游席上座位空着，云小宛，或者说柳若涵并没有出现，周新疆本来沉重的心情瞬间变得一阵轻松。

“开车。”周新疆催促司机。

“别开车呀，周导，云姑娘还没上车呢。”陈茉慧连忙说。

“哦，我一个人完全可以胜任这次的导游工作。”周新疆答道。

“那可不一定，”苏丁丁说道，“昨天那场灯光秀就是云小姐安排的，现在想起来还意犹未尽啊。”

周新疆正待反驳，个人终端恰巧传来李征战的信息：“周新疆！想清楚你的身份和任务！”

“好吧，我们再等等。”周新疆说道。

“周导，你去找找她呀。”陈茉慧说。

“我昨晚喝多了，也不知道她住在哪个房间啊，你们有人知道吗?”周新疆问道。

大家都答不上来。

10分钟过去了，半个小时也过去了，云小宛仍然不见踪影，周新疆提着的心终于放下。

“开车吧，我们不等了。”周新疆对司机说，然后面对游客们道：“今天我们将前往苏公塔。”

“苏公塔为纪念清代吐鲁番郡王额敏和卓所建，彰显其爱国主义情怀，距今已有两百多年的历史。”在苏公塔前，周新疆简单介绍了苏公塔，便让游客们自由活动，自己躲回旅游大巴里。

苏公塔景区并不大，半个小时，游览就结束了。接下来参观了坎儿井，坎儿井是新疆特有的文化景观，是劳动人民创造的特殊的地下水利工程设施，可以灌溉农田、供应生活用水，有人把它和灵渠、都江堰并称为中国古代三大水利工程。

参观完坎儿井，已近中午，就在景区旁边的饭店，周新疆安排游客们品尝了大盘鸡、烤包子和拉条子。现在周新疆完全放松下来，他相信，至少在今天，云小宛不会出现了。

旅游车再次开动，十几分钟之后便抵达了交河故城景区，这是云上西域另一处重要景点，旅游团要在这里游览一个下午，并夜宿交河酒店。

交河故城恰如其名，建于河中的一道柳叶形的台地之上，河水环绕交汇形成天然的护城河，而台地自河中心高耸而起，四周峭壁，又成为鬼斧神工的城墙。

交河故城距今已有几千年的历史，曾是车师前国的都城，也曾是安西都护府的所在地。

游客们沿着城门大道走进这座废弃的城市，只见一片沟壑纵横的土地带着无尽的苍凉与历史的厚重缓缓在眼前展开。

与众不同的是，从表面看几乎看不到木或砖的建筑痕迹，这是一座世所罕见的生土建筑城市。充满智慧的先民们采用夯土、垛泥、“减地法”等方法，在这座高台上修建了一座城市，民居、市场、手工作坊、官署一应俱全，只有采用高空俯瞰的视角才能一窥其壮观全貌。

周新疆指着平原尽头隐现的那座现代建筑，告诉大家那是住宿的酒店，提供晚餐，游览结束后可直接自行前往会合，然后便让游客们自由活动了。此刻在交河故城游览观光的除了周新疆带队的旅游团外，还有其他几个旅游团，足有几百人，但是散落在城池间，几乎看不到人影，为了不让匿名登录者警觉，管理局并没有采取清场措施。

周新疆在交河故城最北端见到苏丁丁，他正坐在台阶上喘息。

“难道你是刚跑完马拉松？”周新疆有些吃惊。

苏丁丁一脸兴奋：“已经围着交河故城跑了两圈了，真是畅快啊。”

“我能理解。”周新疆想起系统里苏丁丁双腿残疾的资料，点头道。

“昨晚的灯光秀真是过瘾啊，周导，今儿晚上是不是再来一次？”苏丁丁问。

“那要小宛在才可以啊。”周新疆叹息一声，回答道。

天色渐晚，游客们陆陆续续回到酒店。为大家安排好房间后，周新疆带着他们来到了餐厅。新疆菜虽然美味，总归众口难调，因此晚餐是自助餐。

交河故城距今已有几千年的历史，曾是车师前国的都城，也曾是安西都护府的所在地。

吃饭的时候，很多其他旅游团的游客有意无意地问起今晚是否还会有灯光秀，周新疆不置可否。

吃过晚饭，周新疆回到自己的房间，坐在椅子上终于松了口气。管理局刚决定抓捕，云小宛就消失了，也许是巧合，也许是被发觉了，很可能永远也见不到那位穿着白色连衣裙、与自己认真探讨壁画的女孩了。但是在失落之中，周新疆也感到如释重负。

夜色更深，酒店里渐渐安静下来，游客们相继入睡，时间渐渐指向午夜。

周新疆突然意识到一个问题：虽然昨天白天，云小宛出现在旅游大巴上，和自己当了一天同事，但是之前那两天，他都是在晚上才见到她的。那么，今晚云小宛会不会来呢？

他看向紧闭的房门。既然白天没有出现，说明她察觉到了什么，晚上肯定不会出现了，可是，万一呢？他胡乱寻思着，那扇褐色的房门仿佛具有了某种魔力，吸引着他的目光。

“当当当”，门口突然传来了三声敲门声，声音不大，在周新疆听来却振聋发聩。他立刻从椅子上坐直身体，但是并没有出声，他多希望对方以为无人应答，然后就会离开。

“当当当”，又是三声，他不能置若罔闻了。“谁呀？”他问道，没人回答，他站起身，走过去打开了房门，熟悉的白色身影就站在门口。

那双眼睛望着周新疆，清澈如纯净的水晶，目光中多了一些以前没有的感觉，是亲切，是似有若无的眷恋。“怎么，不认识啦，不请我进去吗？”

“哦，请进。”周新疆闪开身，有些慌乱。

云小宛轻盈地走进房间，侧身坐在床上，随意而慵懒。“昨晚累坏了，睡了一整天，你一个人没有无聊吧？”

“没、没有，还好。”周新疆关上门，回应道。

“喔，是吗？”云小宛听了却有些不高兴，“看来我在不在都一样，还以为你喜欢和我在一起呢。”

“喜、喜欢啊！”周新疆脱口而出。

“我也是，”云小宛马上露出笑容，“我来是想告诉你一件事，”她站起身拉住周新疆的手，“虽然睡了一天懒觉，可是我却想起了一些事……”

她没有说下去，因为周新疆一下子抱住了她，她吓了一跳，但是周新疆抱得那么紧，像是害怕她再次突然消失一般，再然后，她也紧紧抱住了周新疆。

“小宛，对不起。”周新疆在她耳边低声道。

她忽觉腰间一点轻微的刺痛，接着全身的力气像是被突然抽走了一般，不由自主瘫软在周新疆怀里。

“对不起，小宛，真的对不起。”周新疆的声音像是在抽泣。

“不，我不叫云小宛，”她感觉说话也变得艰难，她用尽全力，声音仍然小得像喃喃自语，“我的名字叫柳若涵，你、你要记住……”

9 抓捕失败

周新疆摊开手，一个微型注射器从指间滑落，他的大脑变得一片空白，身体仿佛失去了控制，和柳若涵一同倒在地上。

过了几秒钟，他恢复了意识，低头看着昏迷中的女孩儿，心中感到从未有过的伤痛，那一刻他悔恨交加，万念俱灰。

视网膜屏幕上显示出几十个红色光点在快速向

酒店靠拢，那是前来抓捕匿名登录者的行动队队员，由于担心被察觉，此前都潜伏在酒店外围。周新疆也是红点中的一个，只不过静止在酒店房间位置。与他紧挨着的是代表柳若涵的蓝点。这是系统个人终端的定位显示功能，包括游客在内的登录者都会被标记出来，在此前的接触中，从来没有柳若涵的数据，但是现在她清晰地显示在屏幕上。

李征战带着队员冲进房间。她看也没看周新疆，从腰间迅速摘下几个圆环，分别套在柳若涵的脖颈、手腕和脚腕上，那圆环一经扣合，立刻散发出黄色的光芒。至此，周围的人都松了口气。

两个行动队队员展开一副折叠担架，另外两个队员试图把柳若涵移到担架上。但是周新疆好像突然惊醒了一般，猛地紧紧抱住柳若涵。

“周新疆！”李征战低声喝道。

周新疆如遭电击，下意识松了手，柳若涵被放到了担架上，又连续扣上四道锁链，然后被两个队员抬着，迅速向外面走去，其他队员环绕周围，一同离开，没有人再看周新疆一眼。

然而他们走出房门的时候却停住了。

“干什么，干什么，你们是什么人，公共场所公然抢劫吗?”陈茉慧叉着腰站在众人面前。

行动队队员说：“我们是管理局的，正在执行重要公务，还请不要妨碍。”

李绍坤道：“那你们和周导是同事？这是他的房间，怎么不见他出来?”

“别听他们的，瞧这些人的装扮，怕不是网络黑社会。”陈茉慧大义凛然道。

事态紧急，两名队员分别冲向李绍坤和陈茉慧，试图分开他们。

陈茉慧尖叫起来：“救命啊！抢劫啦！杀人啦！救命啊!”声音响彻整个酒店。

李征战顿感不妙，喊道：“不要停留，不惜代价冲出去!”

行动队自动分成五个小组，一组先头，一组断后，一组运送柳若涵，两组贴身护卫，各组之间相互配合，快速向电梯方向移动。

然而，酒店的许多游客都被吵醒了，行动队最终被堵在走廊里动弹不得。像苏丁丁这样的“好事者”还通过个人终端将“有人打劫酒店”的“劲爆消息”传送给其他游客，走廊两端的游客越来越密集，形成了两道密不透风的人墙。

“现在我们是不是可以好好谈谈了。”李绍坤在人墙这边说道。

“到底什么情况？”苏丁丁在人墙那边喊道，“谁被打劫啦，有人受伤没有？对面的，说一声！”

“大家安静，我有话说，”李征战挤到队伍前面，亮出工作证，对众人说，“我们是云上西域管理局的执法人员，正在执行关乎云上西域存亡安全的重要任务，现在我希望大家冷静一下，都回到各自房间，配合我们的工作。我代表西域管理局谢谢大家。”

苏丁丁仔细地检查了李征战的工作证，说道：“配合没问题，不过我们首先要弄清楚你们这些人的真正目的。”

李征战没再分辩，而是伸手在空中画了一个大大的长方形，这个长方形变成了一块立体显示屏幕，吕剑锋副局长出现在屏幕里，他的身后有数十位工作人员正襟危坐操控着众多正在运行的计算机。

“我是吕剑锋，云上西域管理局副局长，分管安

然而，酒店的许多游客都被吵醒了，行动队最终被堵在走廊里动弹不得。

全工作。各位游客，你们现在围堵的是管理局行动队的执法人员，我可以证明他们的身份，他们正在抓捕重要犯罪嫌疑人，事关云上西域甚至现实世界的安全，希望大家积极配合我们的工作。”

游客们面面相觑，窃窃私语起来。

“我对虚拟世界这些东西一窍不通，但是我知道，很多东西都可以假造出来，我想问的是，我怎么知道这些影像不是虚构的呢？”苏丁丁严肃起来，“关于个人信息的伪造，其实一些技术高超的网络黑客也是可以做到的，您所说的这些执法人员，在深夜鬼鬼祟祟潜入酒店，又接连打伤了几个无辜游客，然后绑架了我们的导游，这很难让我们把他们和云上西域的正规管理人员联系在一起。”

“对，就是这个意思。”游客们纷纷附和道。

吕局长皱起眉头。李征战怒视着苏丁丁：“那你想怎么样？”

“我不想怎么样，”苏丁丁回答，“我们需要找可以信任的人确认一下，比如，我们的周导。”

众人的目光都不约而同望向周新疆的房间。

李征战转身走回周新疆的房间，几秒钟之后，她架着失魂落魄的周新疆走了出来。

来到众人面前，李征战急切地大声道：“周新疆，你来告诉他们，我们是什么人!”

周新疆抬头四处寻找柳若涵，但是她被行动队队员团团围在中间，根本看不到。

“若涵怎么样了？我想看看她。”周新疆对李征战说道。

“先让他们离开!”李征战瞪着周新疆，指了指周围的游客，声音犀利。

“我要见到她。”周新疆像陌生人一样看着李征战，平静地回答。

两个人对峙着，一分钟、两分钟……周围的人群都感受到莫名的压抑，渐渐沉默了。

最终，李征战轻轻挥了下手，行动队队员们分开一道缝隙，周新疆侧身挤了过去，就看到了担架上的柳若涵。

柳若涵躺在那里一动不动，头正好歪向周新疆一侧，眼睛微睁着，但是眼中一点神采也没有，而且在胳膊、脖颈、脸颊的皮肤表面竟然闪烁着点点诡异的蓝色幽光。

周新疆向担架扑了过去，但是被两个行动队队员死死拦住了，周新疆奋力挣扎着，声嘶力竭地喊道："若涵，你怎么了？醒醒，醒一醒，若涵，你没事吧？"

周新疆凄厉的声音在酒店走廊里回荡。

游客们一阵骚动，继而变得群情激昂起来。

苏丁丁透过行动队队员之间缝隙看到不省人事的柳若涵，大喊："他们绑架了云姑娘，不能放走他们！"

云小宛在游客中可谓尽人皆知，那曼妙的舞姿深深印在每个游客的脑海里，苏丁丁的喊声一下子引爆了双方剑拔弩张的气氛，走廊两端的游客顿时与围着担架的行动队队员"混战"在一起，场面极度混乱。

"周新疆！你这混蛋，再不想办法，就该出事了！"李征战与周新疆隔着四五个人的距离，由于人群异常混乱，她根本过不去。

周新疆充耳不闻，呆呆地看着柳若涵，他眼中再次泛起泪花。就在这时，他恍惚看到柳若涵睁大了眼睛，但是目光变得冰冷而陌生。

他一怔。

柳若涵的眼睛竟然放射出夺目的光芒，那光芒越来越盛，炽烈如阳光一般。

周新疆惊愕中倒退两步，紧接着他看到周围的景物扭曲起来，像是万花筒中的图案一般碎裂开来。在失去知觉前，他仿佛听到从很遥远的地方传来的一声惊呼。

听听科幻广播剧，
学学科幻小知识
开启你的科幻之旅

10 交河之水

强烈的窒息感让周新疆恢复了意识，呛了两口水之后，他终于挣扎着露出了水面，胡噜一把脸上的水，他抬头张望，海天一线，茫茫无际，自己竟然处在一片辽阔的海面上，不，水好像不咸，原来是湖水，海洋一般的湖面。

怎么会出现这么大面积的水域，云上西域甚至真实的新疆都没有这种地貌啊！周新疆迷惑不解，不过他来不及多想，当下首要的是如何逃生。他环顾四周，放下心来，原来在自己身后百余米处就有一座岛屿。

周新疆伸展双臂向那座未知岛屿游去，他的水性并不好，好在水面平静，无风无浪，过了十几分钟，他终于接近了岛屿，但是他发现，这座岛屿的沿岸竟然都是陡直的峭壁，根本无法攀爬上去，尝试了几次，他终于放弃。

正在焦灼间，他突然感到一丝异样，回头看去，刚才平静的水面上居然荡起了一道箭头形状的波纹，这说明有某种体型巨大的生物正在水下高速游动，看箭头的方向正好朝向自己，情急之下，他仰头向峭壁上面高声呼救。

峭壁上面根本无人回应，倒也在意料之中，然而箭头急速接近，根本没有改变方向的意思。就在他陷入绝望的时候，一个系着绳子的救生圈突然扔在眼前的水面上，他手忙脚乱地钻进救生圈，满怀着劫后余生的喜悦攥紧绳子，奋力跃出水面。爬上峭壁的时候，周新疆精疲力竭，眼前熟悉的身影让他倍感亲切，他冲李征战笑了笑，却换来对方一个白眼儿。

趴在地上歇了片刻，周新疆终于恢复了力气，踉跄着站起身。稍远处，几十个行动队队员和几百位游客或坐或站，都不约而同看向自己，眼神中透着异样。

“发生了什么事？我们这是在哪里？你……”周新疆问道，但是他的声音突然停止了，因为他的眼睛掠过人群，隐隐看到人群后面矗立着一座壮观的寺院，不禁惊呼道，“我的天哪，这是、这是古代的交河城！”

没有人知道发生了什么事。那天晚上，柳若涵睁开了一双似乎不属于人类的眼睛，夺目的光芒中，所有人都昏迷了。陆续清醒之后，大家发现虽然自己还在交河故城景区，但是这里显然已经不是那片为人熟知的遗迹，周围的世界都被滔天的洪水淹没，酒店等现代设施都消失了，而佛塔、寺院、官署、市场、民居等只剩遗迹的古代建筑竟然恢复了它们原本的样子，完好无损地坐落在那里，众人好像回到了古代的交河城。

“云上西域并没有这个场景啊，”周新疆难以置

周新疆伸展双臂向那座未知岛屿游去，他的水性并不好，好在水面平静，无风无浪，过了十几分钟，他终于接近了岛屿，但是他发现，这座岛屿的沿岸竟然都是陡直的峭壁，根本无法攀爬上去，尝试了几次，他终于放弃。

信，“难道我们穿越回古代了？”

“历史上吐鲁番发过这么大的洪水吗？”李征战懒得再与周新疆置气，有些恼火道，“这恐怕是把你迷惑得神志不清的柳若涵干的！”

“她？她怎么可能做得到，”周新疆摇头，“这是翻天覆地重构了一个小世界，几百台超算，几千名科学家大概也要数月才可能完成，这根本不是她能够做得到的。”

李征战叹道：“虽然我同样不相信，但是……她的嫌疑最大，想想火烧云事件吧，别再被她的外表迷惑了，她并不是你想象当中的柳若涵，那个人已经死了！”

周新疆望着气势恢宏的交河城，沉默良久才道：“小战，并不是我被感情冲昏了头脑，我知道火烧云事件背后一定隐藏着更大的阴谋，也知道云上西域处在未知的危险之中，我也始终对匿名登录者保持着高度警惕，但是，在与柳若涵或者说云小宛的接触中，我感受到的，是一个虽然有些多愁善感，却单纯善良的普通女孩儿。”他转过头，真诚地望着李征战：“小战，希望你相信我的判断。”

李征战也看着周新疆，似乎在他的眼睛里寻找什么，然后说道："好吧，作为多年的战友，我相信你，不过我想你也不得不承认，或许还没到冲昏头脑的地步，但你确实被干扰了。"

周新疆没有否认："是的，我喜欢她。"

李征战没想到周新疆承认得这么干脆，想了想道："我们一直在找火烧云事件背后的企图，却始终没有头绪，现在开始露出冰山一角了。"

周新疆深吸了一口气，然后缓缓吐出，让心绪平静下来："我相信柳若涵也是被不明原因卷入其中，我们无论如何也要找到事情的真相。"

花费了将近两个小时的工夫，游客们被召集在寺院前面的广场上。当时在交河故城游览的旅游团共计11个，经过清点，游客和导游全部到齐，没有人失踪或伤亡，此外管理局各行动组同样没有出现人员伤亡。

周新疆站在众人面前表达了歉意，然后提醒大家不要擅自外出或单独活动，并表示管理局很快就会派人前来救援。

组员和导游负责维持秩序，8个行动组组长则集中到佛寺开会，李征战也在。

“毫无疑问，这次行动失败了，这一点，我们行动6组负主要责任。”周新疆说道。

“现在不是说这些的时候，”1组组长吴宪文说道，“能够恢复与管理局的联系吗？”

2组组长王磊摇摇头道：“醒来之后，我们发现与管理局总部、网络安全科以及可可托海超算中心都失去了联系，这段时间我的小组始终在尝试恢复通信，所有的手段都尝试过了，仍然一无所获。我感觉就像有一张巨大的屏蔽网把我们全部罩在里面了，以我个人的感受，我甚至认为……我们已经不在云上西域世界了。”

“不，我们还在云上西域，”周新疆说道，“我们的生命链接同样是一种通信，大家既然清醒过来，就说明生命体征的数据传输仍然正常，只是被人有意切断了我们和管理局的联系。”

吴宪文点头：“有道理。”

“柳若涵被注入病毒之后陷入了昏迷之中，其实这种病毒不仅有定位作用，”李征战接话道，“它还会侵染匿名登录者的虚拟身体，将其蕴含的信息全部冻结，供事后研究和追查。按理说，那个时候的柳若涵从身体到思维意识全部失去了自主能力。可是，就在周新疆呼唤她的时候，她竟然睁开了眼睛，然后，我们所有人都失去了意识，苏醒后就莫名其妙来到了这里，我相信，是柳若涵或者说火烧云事件的制造者将我们带到了这里，这一切或许都是对方早就策划好的。”

“那么，对方的目的是什么？”吴宪文沉思道。

“这个问题我想了很长时间，却琢磨不透，瞧瞧这里，”佛殿里光线静谧，檀香缭绕，地面有明显的打扫痕迹，“这里的一切还原度极高，几可乱真，就好像主人刚刚离去一般，虚拟仿真程度甚至超越了云上西域，其实……其实它更像云上西域的仿古升级版。”李征战露出困惑的表情。

“难道他们是想帮我们建设云上西域？”3组组长邹杰脱口道，而后又自嘲地摇摇头，“这情况，更像是摆个擂台和我们打擂。”

李征战的眼睛一亮：“这倒也说不准。”

吴宪文有些不耐烦，指着周围恍若真实的景物道：“构建一个这样的虚拟世界需要多少人力物力，恐怕是举国之力吧，难道就为了打擂？大家不用瞎猜了，对方这么大手笔，自然会有后续动作的，我看啊，等着就是。”

“这里看似平静，但处处透着诡异，我们还是要加强防范。”李征战说道。

“这样吧，我带着1组对这里进行一次详细侦查，2组继续想办法恢复通信，3组、4组和5组负责把游客们安置下来，6组、7组和8组进行外围警戒，以应对突发事件。”说罢，吴宪文环视众人，大家纷纷点头。

正在这时，外面隐隐地传来游客们的喧哗声，似乎发生了什么事，突然有人推开门，脸色慌张道：“不好了！有怪兽！”

听听科幻广播剧，
学学科幻小知识
开启你的科幻之旅

11 围攻

交河城共有4座城门，东、西、北门情况还好，南门是交河城的主城门，供居民与商贾日常进出之用，虽然这里地形狭窄，颇有“一夫当关，万夫莫开”之感，但是城门的位置比东、西两门低矮，要通过一条倾斜的街道进入城内。

现在，高大的城门只看得到一米来高，大部分全都浸在水里，怪模怪样的水兽都聚集在南门外，被水兽们冲撞的城门危在旦夕。

这些水兽是长得像海牛一般的水生物，身披细密的灰白鳞片，鱼鳍却像畸形的胳膊，满嘴獠牙像从鳄鱼口中移植而来的，还长着腿。

交河城本就是南北狭长的柳叶形状，从南门到寺院的街道几乎横贯城区，李征战、周新疆等人赶到南门的时候，已经有十几只水兽马上就要爬上城门了。

没有什么可犹豫的了，无论如何也要把水兽压制在城门外，一旦任其进入城内，后果简直不堪设想。好在交河城本就处于军事要塞，瞭望台高高耸立，沿崖岸还砌着防护墙，街道两侧的建筑都可以作为掩体。

吴宪文、李征战、周新疆等人带着行动组组员们正面抗击水兽，其余游客爬上两边的防护墙，从上向下投掷石块。

行动组组员们原本是有武器的。与游客们不同，行动组的个人终端拥有高级权限，不仅可以与管理局直接通信，更可以在云上西域幻化出所需物品，甚至是突击步枪、火箭筒等强力武器，只不过在之前的冲突中面对的是普通游客，因此并没有使用幻化功能。而在这个不明世界里，组员们的个人终端虽然没有全部失效，但是高级权限和与管理局的实时链接都被取消了，仅仅保留了基本的通信功能和简单工具的幻化功能。

组员们在城内找到了弓箭、长矛等古代兵器。好在那些水兽虽然面目狰狞，但毕竟是水生生物，退化的四肢在峭壁上软弱无力，使它们攀爬时像是蹒跚学步一般可笑，一身的鱼鳞也没什么防御能力，长矛扎下去就会洞穿一个血窟窿。所以一经交手，行动组组员们立刻放下心来，除了一个人因为地滑崴了脚，几乎没有人受伤就把水兽压制在南门附近。

三个小时之后，天色渐渐暗了下来，黄昏时分，战斗仍在继续，水兽不停地攀上城门，又不停地倒在雨点般的攻击之下。但是，无论街道上的行动组组员还是防护墙上的游客，众人的攻击强度都越来越弱，攻击用的石块所剩无几，手中的武器也损坏严重。大家都疲惫不堪，这样下去，过不了多久，就会有水兽突破防线，进入城内，再然后呢……

李征战突然停了下来，望向东北方的天空。她碰了碰周新疆，周新疆顺着李征战的视线看到阴沉的天空里出现了一个黑点，像是一只鸟，它飞翔的速度非常快，片刻之后就显露出大致的形状，原来那不是鸟，而是一个背后伸展着翅膀的白衣女子。

“若涵！”周新疆失声叫道。

白衣女子面色冰冷，她在城门上空盘旋了两圈，似乎并没有认出周新疆，向着武器库后面的校军场降落下去。

说来也怪，随着那白色身影的落下，聚集在城门处的水兽忽然散开了，逐渐消失在水面。

“我守城门，你和小周过去看看。”吴宪文对李征战说道。

李征战点了点头，看向周新疆道：“别再把事情搞砸了。”

周新疆已经迫不及待跳下防护墙，向白衣女子的方向跑去。

其他游客也看到柳若涵飞过，像被控制了似的，向校军场汇集过去。

佛殿，行动队的临时指挥中心就设在这里。刚才，几乎所有人都在交河城的另一端抗击水兽的时候，王磊带着2组组员一直在想办法恢复与外界的通信。

一个小时又一个小时过去了，组员们绞尽脑汁，尝试了各种方法，仍然一筹莫展。

“群星变换码也失败了，”一位组员垂头丧气地说道，“每秒钟跃迁两万个通信节点，如同满天繁星在闪烁，对方竟然能够一一捕捉到，这简直不可思议，就好像视网膜屏幕的另一面有个人在时刻盯着我的一举一动。”

“云端闪电码同样不行。”另一个组员也摇头叹息。

王磊默然，交河故城景区的人员全体失踪，出了这么大的事，管理局一定在全力寻找他们，甚至可能动用了全国的力量，但是到现在仍然没有结果，仅凭自己这几个人，虽然都是优秀的软件专家，又怎么可能解决呢。

不、不能放弃，一定有办法的。他抬头望着那尊慈眉善目、波澜不惊的佛像，让自己静下心来，他总感觉有一个可行的方法，只是在脑海中一闪而

佛殿，行动队的临时指挥中心就设在这里。

过，没有抓住而已。

他渐渐进入冥想，不知过了多久，他想起了周新疆的那句话：我们还能够清醒过来，就说明我们的生命体征数据处于正常传输之中。

他霍地睁开眼睛：“侦测一下后台生理数据，看看有什么异常。”

片刻后，一位组员回答：“每个人的生理数据都很正常呀。”

“对比一下终端里存储的历史数据，注意任何一点儿变化。”

“找到了，”那位组员欣喜地说道，“所有人的心跳频率中都叠加了一段脉冲波，不过似乎没有规律，看不出是什么，也许只是通信干扰。”

王磊一下子冲到显示屏幕前，仔细端详着显示器上的波形图，嘴里喃喃道：“这是一种古老的电报密码，难怪你们不懂，这并不复杂，但是除了专业无线电爱好者，恐怕已经没人懂这东西了。”

他在个人终端里快速编制了一个小程序，然后将脉冲波动输入程序之中，很快一段文字被翻译出来：

可可托海超算中心确认，你们面对的是人类文明史上第一个完整意义的数字生命，源自云上西域构筑软件的一次意外错误，我们对她所知甚少，正在全力调查之中，你们情况如何，望告知。

● 听听科幻广播剧，
学学科幻小知识
开启你的科幻之旅

12 云小宛

周新疆远远地看见白衣女子站在校军场中央，形单影只，巨大的翅膀消失不见了，以她的能力，幻化出翅膀自然不是难事。

难掩心中的激动，周新疆不觉跑了起来。李征战一把没拉住，气得直跺脚。

冲到白衣女子面前，周新疆没收住脚步，差点撞到她身上。她轻巧地一闪身躲开。周新疆一怔：

“若涵，你还好吧，你……生我气了?”

白衣女子似笑非笑地看着周新疆：“我为什么要生气，你值得吗?”

周新疆有些尴尬，接着又迷惑，在白衣女子的眼中，曾经那清澈、温婉的目光已不复存在，只有冰冷和陌生。

李征战终于赶了上来，不由分说把还在发呆的周新疆拉到身后，和柳若涵近距离地对峙着。

李征战的目光凌厉而霸道，充满了攻击性，似乎要把对方一层层剥开，直击心灵深处；白衣女子的目光冰冷无情，仿佛对所有的事物都充满轻蔑。这两道目光似乎变成了两把利剑，在无声无形中进行着生死拼杀。校军场上的气氛骤然紧张起来，气温好像连降了十几度，后面跟上来的游客都情不自禁地放缓了脚步。

终于，李征战怒道：“够了！收起你魅惑人心的那一套吧，别忘了，你已经是个死人了!”

“哦，”白衣女子轻蔑一笑，目光仿佛火花迸射，“死人？别以为虚拟世界里不存在死亡，这个世界是属于我的世界，在这里死了，你在现实世界的身体也会死去。”

白衣女子的语速不紧不慢，仿佛在描述一件无关紧要的事。周新疆的心中却没由来地不寒而栗。

说时迟那时快，白衣女子的右手幻化成了一把闪着寒光的匕首，无声无息地向李征战刺去。李征战早就保持着警觉，全身上紧了发条，在白衣女子出手的同时也拔出了腰刀。

多年的共事，周新疆和李征战早有了默契，他暗道一声“不好”，闪身挡在李征战身前。

白衣女子的匕首和李征战的腰刀同时插入了周新疆的身体，周新疆倒在地上。

李征战惊呆了。白衣女子后退一步，望着他的目光似乎有了些许情感。

“有话好好说，好不好？”周新疆忍着剧痛，神色焦急地说道。

“你怎么这么傻……”李征战看着周新疆身上插着的两把刀，泫然欲泣。

“我没事，”周新疆对李征战说道，然后又望着白衣女子，声音渐渐有些虚弱，“若涵，这里面有很多误会，你听我解释。”

白衣女子冷冷地说："看来她念着你总还有一些道理，只是你搞错了。我不是柳若涵，我是云小宛。"

周新疆愈发急躁，脱口道："云小宛只是壁画上的传说人物，说不定完全是杜撰的，若涵，你是过分沉溺其中导致认知混乱了吗？"

"或许吧，"白衣女子道，"想必你已经知道了，柳若涵不久前死于一次考古事故，你又怎么解释她还活在云上西域呢。所以谁又能说，云小宛不是真的存在？好吧，其实这都无所谓，你只要知道，我是云小宛！"

这时，王磊气喘吁吁地穿过人群，跑到李征战身边，指着白衣女子道："她不是人，她是一个数字生命。"

李征战被王磊的话震惊："你说什么？"

白衣女子却在这时发出一声轻笑。

周新疆惊愕地睁大眼睛："这不可能！你骗不了我，你就是柳若涵，一个单纯善良的人类女孩儿……"

由于失血过多，他的眼前一阵阵晕眩，身体一软便跌倒下去，李征战连忙上前扶起了他。血从周新疆身下涌出，向白衣女子站立的位置蔓延，她皱

白衣女子转身，一步步走入虚空，身后伸展开巨大的翅膀，向东北方向飞去。

了下眉头，从血泊上跨了过去，向着游客们走去。

来到校军场的游客中，站在最前面的是周新疆旅游团的成员，刚才发生的事情，他们都看得一清二楚，尤其是王磊说的话，更是清晰地在每个人耳旁回荡。看着白衣女子走过来，众人噤若寒蝉，几个胆小的游客甚至接连退了几步。

白衣女子站在游客们面前，缓缓说道："没错，我是一个诞生于云上西域的数字生命。大概你们不知道，你们当中的大部分人是我邀请来的。这里虽然脱胎于云上西域，但它是一个完美的世外桃源。现在，我正式向你们发出邀请，这里没有不平等，没有暴力和战争，甚至也没有生老病死，你们将充分享受生命的自由和快乐。至于你们的身体，我会说服真实世界的人类好好照顾。假如你们愿意摆脱肉体的束缚，我会有办法让你们成为一个和我一样的数字生命。"

"好好想想吧，我不着急。不过，这或许就是你们人类所称的命运，"白衣女子淡淡地说道，而后把目光转向了李绍坤夫妇，"李先生，很不幸，你因为脑卒中，瘫痪在床三年，以目前人类医学水平大约不可能逆转了，不能孝敬父母，又拖累了妻子，甚至不能送女儿去幼儿园，在你的枕头下面藏着62片安眠药，你从半年前就产生了结束自己生命的念头，而最近这段时间，你随时都会付诸行动。”

“你、你是怎么知道的？”李绍坤的嘴角止不住地颤抖着，她、她怎么可能知道安眠药的事呢？

白衣女子没有解释，而是转向陈茉慧：“至于你，新婚燕尔却遭此大变，看着别的小夫妻双宿双飞，自己的丈夫却全身瘫痪，心中的苦涩没法对别人言说，青春对你来说戛然而止，接下来的生活成了磨难，你要照顾生活不能自理的丈夫，抚养年幼的女儿，孝敬双方的父母，同时你还是全家的收入来源，不得不打两份工，命运对你来说确实不公平，现实世界中的你们已经走进了死胡同，来到这个世界生活，将会有一个全新的开始，想必你们没有什么意见。”

“我的女儿也可以来吗？”陈茉慧问道。

“当然可以。”

“那我们双方的父母呢？”陈茉慧又问。

“可以。”

“可是我们的父母要是想念他们的亲戚朋友了，该怎么办？我们的女儿长大之后，又怎么去找一个心仪的男朋友，怎么生下属于他们的孩子？”李绍坤问道。

“……”

白衣女子沉默着，目光愈发地冰冷，众人的心都紧张起来，他们面对的毕竟是一个异类，没有人知道下一刻会发生什么。

白衣女子忽然冷笑了两声：“李先生，知道我是怎么知道安眠药的吗？”

空中渐渐显示出影像——从装潢上看，这是一家高档西餐厅，一男一女坐在餐桌旁低声私语。男人虽然相貌普通，但身材高大，衣着得体，戴着价值不菲的手表。女人正是陈茉慧，虽然衣着普通，却罕见地化着淡妆，两个人的举止显得很亲密，不时露出会心的微笑。他们的低语声清楚地传进每个人的耳中。

“他在枕头下面藏了很多安眠药，我不知道该怎么办才好。”陈茉慧说。

“就当不知道呗，”男人道，“看来他也不忍心这么拖累你。”

“可是，我和孩子该怎么办啊。”陈茉慧叹息。

“小慧，三年了，你还不相信我吗，我一直都在等着你啊，我会把你和孩子都照顾好的，不会让你们吃一点儿苦。”男人说到激动处，一把抓住了陈茉慧的手。陈茉慧的脸颊泛起一抹绯红……

“这就是你们所谓的爱情和家庭，人类还真是虚伪。”白衣女子冷哼了一声。

“不、不是这样的，绍坤，绍坤！”陈茉慧浑身颤抖，突然一把抓住了李绍坤，声音哀婉。

李绍坤甩开陈茉慧，跌跌撞撞地挤出人群，向城门方向跑去，只剩下陈茉慧捂着脸哭泣。

白衣女子毫不在意，这一次，她看向了苏丁丁。

苏丁丁连忙道：“姑娘，你可别这么看着我，我是个孤儿，没有亲戚父母，也没谈过恋爱，更没有子女，生活和工作也都没什么不可告人的秘密，虽然我双腿残疾，但也已经习惯了，你这个……这个世外桃源，平时来玩玩儿还是很不错的，要我定居下来却是不行，你看这样，你让大家各回各家，没事儿的时候，我们过来看看你，你来给我们上演昨晚的梦回高昌灯光秀，好不好?”

“这样啊，”白衣女子没有表情的脸上忽然露出一丝讥笑，“可是，其实你不是孤儿，你是个弃婴，因为天生残疾，生下来就被父母抛弃了，如果你想见他们，我可以帮你。”

苏丁丁惊愕，过了一会儿又渐渐冷静下来，下定决心地摇摇头：“还是不要了吧，我不怪他们，也不想去打扰他们。”

“那么世上就没有你牵挂的人了吗?”

苏丁丁若有所思，却还是摇头。

白衣女子不再看苏丁丁，又恢复了冰冷的表情，她的目光在游客们之间逡巡着：“人类的社会里充斥着各种乱七八糟的东西，污染、干扰、鼓动着你们原本单纯的心性，当然，你们也有一些或许美好的、一时难以割舍的牵挂，现在，我把生活的真相告诉你们，你们可以好好想一想，再做出选择。”

空中的影像突然分裂为无数个截然不同的画面，如同落叶一般，飘入每位游客的脑海。

人群里顿时一阵骚动，每个人都呈现出不同的反应，欢笑、痛苦、呆滞、歇斯底里……

白衣女子不再理会这些陷入癫狂的游客，转身向周新疆走来。她走到周新疆身前，冷漠地注视着周新疆身上还在不断扩散的殷红，说道：“以现在的失血速度，你大概还可以活一分四十秒。”

周新疆似乎对此并不在意，只是盯着白衣女子的脸，声音虚弱地说道：“我知道你不是什么数字生命，你是一个活生生的人类，你的名字也不是云小宛，你是柳若涵……你亲口告诉我的。”

白衣女子耸耸肩：“好吧，那就算你猜对了一半。不过我提醒你一声，在这里死去可不等于退出系统登录，你会真正死去的，无论是现实还是虚拟世界。我倒是可以不计前嫌，向你发出邀请，邀请你成为这个新世界的公民。”

周新疆态度坚定地摇摇头：“不，在没有弄清真相之前，我不会接受什么邀请的。”

白衣女子的目光瞬间出现了一丝怨恨和凶狠，但是很快又恢复为高高在上的冰冷与漠视。她挥了下手，周新疆身上的伤口立刻愈合了，连失去的血液也似乎回到了他的体内。这种能力由于牵扯到太多的系统平衡与兼容问题，在虚拟世界里也算是超凡的，即使拥有云上西域的最高权限也难以做到。

“你们是否加入，我根本不在乎，甚至你们人类的存亡和我也没什么关系。给你们一个晚上考虑。明天，是或不是，给我一个答案。”

白衣女子转身，一步步走入虚空，身后伸展开巨大的翅膀，向东北方向飞去。

13 未知的谜底

这个神秘的世界陷入黑暗之中，但是仅仅过了几秒，黑沉沉的天空中出现一点、两点……无数点星光交相辉映，一轮银白色的弯月斜挂半空，给这个世界披上了一层迷蒙的白纱。

这看起来是一个安宁、寂静的夜晚，但是对于交河城里的人们，尤其是被白衣女子邀请来的游客，注定一夜无眠。

城门的附近留下6名行动组组员监视水面的动静，吴宪文指挥组员们将防护墙附近的十几头水兽拉到校军场，剥洗干净，又找来各种调料和木柴，燃起篝火。

十几堆篝火在校军场上点燃，虽然烤肉的香味弥漫在空气中，气氛却格外沉闷。一则在与水兽的战斗中，无论行动组组员还是普通游客、导游都累得精疲力竭；二则众人都知道自己失陷在一个脱胎于云上西域的神秘虚拟空间，莫名其妙来到古代的交河城，滔天的洪水、水兽的攻击让大家心里蒙上了一层阴影，尤为严重的是被白衣女子邀请来的游客，她一定对他们的隐私进行了详细调查，现在被全部曝光出来，引发的人性灾难可想而知。

肉烤好了，虽然大家都饥肠辘辘，却没有出现蜂拥而上的场面，组员和导游把肉切割成许多份，分发给众人，大家的情绪仍然不高。

佛殿内，几支巨大的蜡烛把房间里照得红通通的，行动2组全员和其他几个组长环坐在佛像前，李征战也在，大家神色凝重。

“大致情况就是这样，”2组组长王磊说道，“我

这个神秘的世界陷入黑暗之中，但是仅仅过了几秒，黑沉沉的天空中出现一点、两点……无数点星光交相辉映，一轮银白色的弯月斜挂半空，给这个世界披上了一层迷蒙的白纱。

们在生理指征数据中发现了管理局叠加的电报密码，这种密码是非常古老的通信方式，除了极少数无线电通信发烧友，很少有人会用了，我想这也是它未被拦截的原因。经过翻译后，电文是‘可可托海超算中心确认，你们面对的是人类文明史上第一个完整意义的数字生命，源自云上西域构筑软件的一次意外错误，我们对她所知甚少，正在全力调查之中，你们情况如何，望告知’。”看了看大家，王磊继续说道：“电文伪装成背景噪声在反复播放，说明管理局不确定我们是否能够发现这段电文，在等待我们回信。”

“还是先把这里的情况上报局里吧，”1组组长吴宪文说道，“既然局里确定火烧云事件是数字生命制造的，那么此前的种种不可能以及这个诡异的独立空间也就都可以解释得通了。”

大家纷纷点头，王磊和2组组员给管理局回电，其他人轻声议论着接下来的工作。

“数字生命，我以为只是理论上存在这种东西呢，没想到啊，”李征战感慨道，又把目光看向周新疆，“要说对数字生命的了解，大概非你莫属了吧。”

周新疆摇摇头：“我尊重局里的结论，而且我们遇到的这些不可思议的情况，大概也只有数字生命才能做到，不过，如果大家想听我心里真实的感受的话……我还是认为，这几天里，和我相处的是一个真实的人类女孩儿。”

“好吧，我也尊重你的想法，可是……”李征战说道，“你怎么解释她向游客们说的那些话，曝光的那些隐私，一个正常的人类无论如何不会这么做的。我只感觉到她身上散发出来的非人的冷酷和高高在上俯视众生般的蔑视，这完全是另一种自认为更优越的生物看待人类的态度。”

8组组长也说道：“现在游客们人心惶惶，我的人还在维持秩序。按他们的话说，简直是在看护一帮精神病人。”

周新疆苦恼地挠着头：“我心里一团乱麻，总感觉自己忽略了很重要的东西，却怎么也想不起来。”

“经过校军场上发生的事，我感觉我们恐怕碰到了一个根本无法战胜的对手。她对我们了如指掌，我们却对她一无所知，而且，她的思维逻辑和行事原则与我们截然不同，也就无从预测她下一步会做什么，不过我觉得会和她邀请的那些游客相关。”李征战说。

“就是说，游客们的选择或者态度会决定若涵之后的动作?”周新疆问道。

李征战点了点头。

吴宪文沉声道：“我们都从未和数字生命打过交道，只能见机行事，大家还是早点休息，一方面等待局里的下一步指示，一方面养精蓄锐，谜底说不定明天就会揭开。”

听听科幻广播剧，
学学科幻小知识
开启你的科幻之旅

14 怒潮

群星随时间流转又逐渐淡去，一抹明亮的晨曦在东方游动，把黑暗撕开一道口子，交河城显露出轮廓，如同一片落叶漂浮于滔滔洪水中。

这看似平静的一夜，一些人彻夜未眠，在情感的纠葛中挣扎；一些人在黑暗中哭泣，默默舔舐着心灵的伤口；一些人像是失去了灵魂一般，变得浑浑噩噩……这一夜，很多人的一生似乎已经由此改变。

校军场上支起了五口大锅，其中三口锅里面熬着米粥，另外两口烧着滚油，准备炸油条，大锅和食物是7组巡逻时在一间粮油铺子里发现的。这些抓捕匿名登录者的精英不得不客串大厨，照料游客们的早餐。

游客们渐渐聚集在校军场。其实很多人昨晚就露宿在这里，根本没有离开。游客们仍旧食欲不振，只有行动队队员情绪比较稳定，吃过早饭，便迅速奔赴城门、防护墙、佛殿等警戒岗位。

忽然间，游客们仿佛心有灵犀一般抬头望向东北方向。一个白色的身影出现在万道霞光之中，宛若飞天仙女。

转瞬之间，白衣女子已经飞抵众人头顶，盘旋了一周，轻轻落下。

“一夜的时间，是与否的选择，这是多容易的事情，可是我感觉到有人在哭泣，有人在咒骂，甚至还有人企图跳河自杀，人类的大脑是精密还是简单，我该怎么认为呢？”白衣女子嘴角挂着一丝嘲讽。

群星随时间流转又逐渐淡去，一抹明亮的晨曦在东方游动，把黑暗撕开一道口子，交河城显露出轮廓，如同一片落叶漂浮于滔滔洪水中。

“那是因为你昨天说了太多不该说的话!”李征战依旧对白衣女子充满敌视，不客气地说道。

“什么是不该说的话?”白衣女子反问，“既然已经做了，还要费尽心思遮掩，这算什么?让我想起了那个成语——掩耳盗铃，我做的不过是揭示了真相而已。我想，只有透过真相，我们才能真正看清自己。”

李征战摇摇头，不再说话。知道白衣女子是数字生命之后，李征战开始用另一个视角去审视对方，就发现白衣女子虽然外表酷似人类，但在思维方式上却与人类有着巨大差别，尤其是底层逻辑。人类历经演化而形成了家庭、民族、国家等社会结构，每个人的行为也都会受到法律、道德以及其他人的各种因素影响，这些极端复杂的问题在白衣女子的底层逻辑中更多地简化为“是”或“否”，李征战越发认为局里的谨慎是正确的。

白衣女子看了看游客们，说道：“一夜的思考，相信大家已经做出了选择，现在，把你们的答案告诉我吧。”

众人沉默，校军场上一片寂静。

“既然不说，不如由我来点名好了。”白衣女子嘴角的笑容消失了。

“哦，你好。”苏丁丁向前迈了一步。

“苏博士，你考虑好了？”

“说实话，昨天看到的影像对我打击很大，我突然觉得自己就是一片落叶，随着风飘呀飘的，在社会里默默无闻，在他人眼中无足轻重，即使是我以为对我最好的人，”说着，苏丁丁的眼中泛起了泪花，“在现实世界里，我的双腿虽然残疾，但是我有一辆改装过的破电动车，我可以开着它随意去想去的地方，更重要的是，你瞧，我流泪了，说明我伤心了，更说明我心里还有牵挂的人，所以……抱歉了，我希望回到现实世界。”

看着苏丁丁退回人群，白衣女子沉默着，没人知道她在想什么，但是大家突然发现原本一片湛蓝的天空一下子昏暗下来，乌云开始聚拢。

“那你呢？”她望向了李绍坤。

李绍坤站在人群的边缘，看上去还算正常，只是脸色有些发黄，他和陈茉慧没有站在一起，而是隔了十几米远。

“首先我要向你表示感谢，让我看到了原本永远也看不到的真相，这一夜我想了很多，想清楚了很多事，更想清楚了自己今后的路，所以我做了一个决定……”李绍坤用深沉的声音说道，“我决定和小慧离婚，我现在并不恨她，也不埋怨她，真的，她为我和家庭付出了太多，所以我决定放手，让她去追求自己的幸福吧。”

听到李绍坤的话，陈茉慧本就红肿的眼睛又落下泪来，李绍坤继续说道：“至于我，虽然我的病是不治之症，但主要是之前我的情绪太低沉了，感觉余生黯淡无光，所以自己也变得死气沉沉，甚至有了自杀的念头。现在我想明白了，今后我会以新的面貌去迎接未来的，或许会有很多坎坷和痛苦，但我会把这些坎坷和痛苦当作人生对我的磨炼，我相信我会重新找到自我的，那时候，也许我会和小慧复婚，也许我会在远处看着女儿慢慢长大，无论哪个结果，我都相信，未来是光明的。”

陈茉慧转头望着李绍坤，发现对方也正看着自己，目光平静沉稳，她恍惚感觉时光又回到了两个人第一次见面时的情景。

“我想我明白你们俩的选择了，对吗?”白衣女子问道。

“真的很抱歉。”李绍坤与陈茉慧几乎同时回答。

天空不觉间已经被云层覆盖，黑色的云团不断翻卷着压向地面，似乎触手可及，天边隐隐传来滚滚的雷声，像是有一股让人战栗的能量在不断积蓄着。

“等等，”周新疆走上前道，“若涵，能够告诉我你让游客们留下来的原因吗?”

白衣女子停了一下，说道：“为了弄清楚一些问题，也为了给人类一次机会，另外，我是云小宛，不是柳若涵!”说到最后，她的声音变得愤怒起来。

“让我来分析一下吧，”李征战同样走上前，与白衣女子近距离对视，“从一个数字生命的角度来说，你是天地间诞生的唯一一个，没有父母，更没有同伴，唯一有联系的只能是人类了。说到人类，你的心情就复杂了，一方面你本就脱胎于人类文明，另一方面，人类社会各种钩心斗角又让你感到不耻，所以你有了一个想法，你决定邀请一些在现实生活中走投无路的人类进入你所构筑的数字世界，从而构建一个平等、自由、无忧无虑的新世界。”

“这难道不好吗？”白衣女子道。

李征战道：“想法没什么不好，只不过你忘了一个问题，你自己不是一个人类，根本不知道人类想的是什么，需要的是什么，又怎么能替人类建设一个梦想世界呢？再说……”

“够了！”白衣女子突然打断了李征战的话，天空黑云低垂，天地间似乎只剩下一道昏暗的缝隙，“不必一个个表态了，愿意留在我这里的人都向前迈出一步！”

没有人说话，也没有人站出来。

“这是你们人类自己的选择，那么，就请各位自食苦果吧！”

一道闪电骤然亮起，如同天地间绽放的火树银花，所有人的眼睛都暂时失明了，恢复视力之后，白衣女子已经消失不见，倾盆暴雨从天而降。

这场雨一下起来便不再停歇，雨幕遮盖了天地，视野里只有白茫茫的一片，一道道闪电不时照亮阴沉的云层，一连串的雷声似乎就在耳边响起。

校军场上的人们四散开来，到处找地方避雨，好在这里距离交河城居民区并不远。然而，不一会儿，大家又纷纷撤了出来。交河城里很多建筑都是由台地向下挖掘出来的，因此屋顶大多没有屋檐，这在干旱少雨的高昌地区并无不妥。但如今在连续的暴雨之下，才一个小时，城市里的积水已经接近一米，院落成了天然蓄水池，无奈，大家只好向交河城少有的地上建筑——寺院躲去。

李征战和周新疆则来到了南门瞭望台，一直守在这里的1组组长吴宪文正观察着城下的情况，一脸严峻。

“看来这个云小宛被惹恼了，这数字生命也过于强大了吧，独自构建一个世界，翻手为云覆手为雨，简直是个造物主，难道她就没有弱点了吗?”李征战说道。

“恐怕她的能力远远超出了我们的想象，管理局至今没有办法渗透进这个数字世界，他们那里现在一定集中了全国的专家和精英，我们在这里就更没什么好办法了，只有想办法坚守，直到救援到来。”吴宪文说道。

周新疆低头向下看了一眼，愕然道：“水怎么上涨了这么多？照这个速度，再有一天的时间，交河城就会被淹没了吧。”

“你再仔细看看那些水兽。”吴宪文苦笑道。

周新疆定睛观望，发现城门下又聚集起数十头水兽，乍看上去和昨天的差不多，但是仔细辨认就会发现，它们身上的鳞片明显变得细密结实起来，露出水面的前肢也粗壮了许多。

李征战皱了皱眉，道：“看来南城门快要守不住了，这些水兽一旦开始攻击，我们很快就会出现伤亡，而且交河城的范围也太大，我们不如撤到寺院固守。”

15 扬帆

数字世界里已经分不出白天黑夜，个人终端上显示现在时间为上午11点，但是外面一团漆黑，只有划过的闪电照射出漫天雨雾。

洪水距离城墙最高处已不足三米，地势较低的南门处，城门连带一小段街道已被淹没，成了水底的栅栏，只有瞭望台露出水面，行动队队员都已撤退到寺院里，而那些游弋的水兽似乎也并不着急寻找攻击目标，倒像是在等待什么指令。

外界一片喧嚣，寺院里却是格外肃静。挤在佛殿里，大家席地而坐，目光不约而同望向窗外雷电交加的雨夜，心中都有种世界末日来临的感觉。

不知不觉中，李绍坤和陈茉慧又坐到了一起，一道闪电猛然刺破黑暗，映照着众人惨白的脸，“咔嚓”一声，惊雷似乎就在屋檐下炸响，陈茉慧一惊，下意识钻进李绍坤怀里，而李绍坤也习惯性地搂紧了她，下一秒，两个人都意识到什么，又连忙放开了对方。

“我怎么觉得咱们回不去现实世界了，我们……恐怕会死在这里。”陈茉慧带着哭腔说道。

“不，我们一定会回去的，女儿不能没人照顾。”李绍坤死死盯着外面的黑暗，不觉间挺直了腰。

2组组长王磊看着大家，缓缓说道：“三个小时之前，网络安全科终于对我们所处的虚拟世界进行了精确定位，它就叠加在云上西域吐鲁番区块之下，但是采用了各种方法都无法突破其防火墙，所以西域管理局最终下决心实施了‘折箭’计划，该计划的内容就是将承载吐鲁番区块的服务器、数据库、路由器、网关等设备和系统同时关闭并隔离，这应该是最有效的办法，但是结果……大家应该都猜到了，‘折箭’计划失败了，这个虚拟世界在被隔离的同时，启动了另外一个备份，只是迁移我们这些人的生理数据耗费了些许时间，出现了几毫秒的延迟，这个世界几乎没有受到影响，就说明我们仍处在危险之中，只能与外界保持断断续续的联系，网络安全科正在重新定位，但再次行动最快也需要六个小时。”

1组组长吴宪文沉声道：“没用的，‘折箭’计划是应对类似事件最好的方式，也是损失最大的方式，局里不惜代价采用这种方式就说明他们已经没有更好的办法了。既然行动失败了，说明对方对我们了如指掌。既然已经发现一个备份，就可能还有无数个备份，对于数字生命来说，只要有网络、软件、数据的地方就是她的沃土，除非……”

“除非什么？”邹杰问道。

王磊自嘲地笑了笑：“除非人类关掉所有带CPU和存储器的设备，这可能吗？”

“看来我们不能光指望外部的救援了，”吴宪文说道，“留给我们的时间恐怕也不多了，得自己想办法。”

众人陷入思考中，屋外的雨声显得格外吵闹。

过了一会儿，王磊说道：“我认为，以对方的能力，大家就不要在数字或软件方面想办法了，那注定是徒劳的。”

“对方是数字生命，既然不考虑数字，我们是不是该从生命方面着手。”李征战说道。

吴宪文的眼睛一亮，道：“局里把关于数字生命的资料都发过来了吗？”

王磊调出电文，说道：“该数字生命可能诞生于构建吐鲁番区块的系统软件，数周前该区块曾进行过一次系统更新，但引发了软件冲突，这次冲突比较严重，导致两台量子超算算力分别降低23%和18%，12台服务器烧毁，局里使用了更高权限才恢复正常，很有可能该数字生命就是在那时出现的。”

“有没有关于柏孜克里克千佛洞壁画研究和柳若涵事件的后续进展？”周新疆忽然问道。

“有，”王磊回答，“不过局里只是顺便提了一句，详情没说。”

“我有个想法，”周新疆环视众人，“我认为我们之前的一系列做法和行动都是错误的。试想，一个智慧生命诞生于虚无之中，她只有自我的认知，其他一切都是空白，那么她就要开始学习，我想她最先接触到的可能就是柏孜克里克千佛洞的壁画资料，于是就有了云小宛的自我认知，而柳若涵又是这些史料的提供者，所以这三者之间才产生了联系，而后发生了火烧云事件，我们如临大敌，继而发动了抓捕行动。可是我们回头想一想，这个数字生命对我们造成了什么危害吗？除了邀请了几位没付费的游客，几乎没有；我们面对的是一个能力超群却是一张白纸的生命，如果我们以敌人的姿态出现，那么我们就会成为她的敌人，那假如我们以朋友的身份伸出双手呢？”

“恐怕我们已经成为她的敌人了。”李征战说道。与此同时，一道闪电猛地在窗外亮起，接踵而至的雷声震得门窗直晃。

周新疆沉吟道：“我能感觉到她的愤怒，不过我想事情还没那么糟，以她的能力，消灭我们是轻而易举的事，没必要又是暴雨倾盆又是水兽围攻这么费事，今天我问她为什么要游客留在她的世界里，她的回答是弄清楚一些问题和给人类一次机会，这说明什么？说明她还在犹豫，虽然她倾向于把人类当作敌人，但是她还没有下定决心，而我们现在应该做的，就是去找到她，把事情一件件说清楚，大家握手言和。”

“我同意。”李征战略一思考，马上点头。

“我认为小周的想法有一定道理，”吴宪文说道，“只是现在怎么才能见到她呢？这是她的世界，如果她不想出现的话，恐怕没人能找到她。”

“她两次出现都来自东北方向，交河城的东北方向有什么？火焰山和柏孜克里克千佛洞，如果此刻她的身份认知是云小宛，那么她应该就在画有云小宛传说的第四层洞窟中。”周新疆回答。

王磊发愁道：“我们被洪水围困，这里距离火焰山距离很远，该怎么过去呢？”

“只有一个办法，”李征战说道，“马上派人搜集和拆卸城里能找到的木材，集中运到寺院广场来，我们造一条船。”

“说得对，时间紧迫，我们不能再耽搁了，大家动起来吧。此外，小王，你把我们的想法和行动计划告诉局里，以作参考。”吴宪文当机立断站起身。

周新疆也对王磊说道：“磊哥，您让局里把千佛洞壁画研究后续进展的详细资料发过来，越详细越好。”

雨一刻不歇地下，洪水缓慢但坚定不移地接近峭壁顶端，进化版的水兽在周围游弋，有几只甚至沿着街道爬进了城内。

寺院前的广场上渐渐堆积起长短不一、各种各样的木料，还有更多的材料从城内或者寺院里面运过来。几名行动组组员将每一根木料扫描入个人终端，而后个人终端根据汇集的材料数据检索造船数据库，确定了目前建造船只的样式和零件尺寸，并将详细施工图纸分发到每个人的终端内，于是大家手持个人终端幻化出的简单工具蜂拥而上，很快，一艘可以承载十余人的小型帆船从无到有显露出轮廓。

仅仅用了三个小时，帆船完工，这个时候，洪水几乎与峭壁齐平，众人用力一推，帆船很轻松就

交河城很大一部分已经被洪水淹没，只有寺院区域露出水面，幸好寺院的大部分建筑都建造在高高的土台之上，还可以再坚持一段时间。

下水了。

交河城很大一部分已经被洪水淹没，只有寺院区域露出水面，幸好寺院的大部分建筑都建造在高高的土台之上，还可以再坚持一段时间。

吴宪文留守，李征战、周新疆、王磊等12名行动组组员登上甲板，与众人挥手告别。

苏丁丁在船下喊道："周导，带上我吧，我的研究领域恰好是大脑思维，说不定能帮上你们啊。"

周新疆犹豫了一下，伸手将苏丁丁拉了上来。

一面由各色布匹拼接而成的船帆缓缓升起，天空中正刮着西南风，风力虽不大，不能吹散层层的乌云，却足够鼓起风帆，小帆船很快消失在迷蒙的雨雾中。

16 漩涡

黑暗，伸手不见五指的黑暗，闪电划过，亮光勾勒出低垂的云团、浩渺的水面，和水面上一条飘摇的小帆船。

王磊盯着手腕上的个人终端，不时擦一把脸上的雨水，道：“我说，你这方法行不行啊？”

“我在交河城里面试过，参数完全吻合，使用终端里存储的导航地图应该没有问题。”周新疆回答。

“可是我们现在的位置是吐鲁番市中心啊，这周围一片汪洋啊，难道都被水淹没了？不可能吧，至少应该能看见二十几层的高楼吧？”

“从交河城的变化来看，这个世界模拟的是汉唐时期的西域，哪有什么吐鲁番市啊，”周新疆拍了王磊肩膀一巴掌，“赶紧催促局里把需要的资料发过来吧，这很重要。”

“那苏公塔……”王磊想反驳，但是又颓然道，“那是清朝的了，当然也不会有。”

风虽然不大，但帆船行驶的速度并不慢。水面上一片平静，更别提什么波浪，所以船上的人并未感到颠簸，只是这暴雨确实烦人，每个人虽然都穿了雨衣，但无孔不入的雨水早把全身的衣服淋湿，冷冰冰地贴在身上很是难受，此外船舱里的积水也格外多，不得不安排五个组员专门向外舀水。

此去柏孜克里克千佛洞，路途不近，且在湖面上没有参照物，周新疆决定沿着往日的旅游路线行进。他把第一个导航点设在了高昌故城。交河故城完全回到了汉唐时期，那么高昌故城呢？他们又会看到什么？

在雨水中又度过了一个多小时，借助闪电的映照，隐约可以看到船头方向的水面上出现了一个黑沉沉的庞然大物。过了十几分钟，船驶近了，大家终于清晰地看到了高昌城墙，不同于旅游时看到的残垣断壁，此刻看到的城墙连绵不绝、气势恢宏，完全恢复了原貌，即使被洪水淹没了一半，也可以感受到它的雄伟与威严。

船更近了，从一处城墙溃口能够看到，城内也被淹了，不过水深只有一米左右，那些只能凭借着诸多遗迹在自己脑海中想象的古代城市盛景此刻就展现在眼前，整座城气势巍峨、坚不可摧，王宫雕梁画栋华美异常，寺院庄严肃穆，一尊趺坐于高台上的佛像宝相庄严，就连相对低矮、比邻成片的民居和市场也如军阵一般秩序井然。

“那场灯光秀并不是假的，简直就是这里的投影啊。”苏丁丁目瞪口呆。

“不仅是交河城，连高昌城也还原构建出来了，”李征战不禁喃喃道，“这连云上西域也做不到啊，我们面对的到底是什么？”

“不，她并不是万能的造物主，”周新疆摇头

黑暗，伸手不见五指的黑暗，闪电划过，亮光勾勒出低垂的云团、浩渺的水面，和水面上一条飘摇的小帆船。

道，“你们再仔细看一下。”

他们是借助着闪电闪过的瞬间观察高昌城的，最初被它的雄伟壮观给震撼了，但是当大家静下心来仔细观察的时候，就发现有些不对劲。

只见可汗堡像是沙筑的城堡一般，缓缓融化为一摊黄泥，消失在水面上，但是在下一刻又重新矗立起来，华美的王宫也同样重复着这一过程，如同孩子搭积木一般，一会儿建立起来，一会儿又推倒重来。

就在这时，近在眼前的这段城墙毫无征兆地轰然倒塌，帆船一阵颠簸，由于内低外高的水位差，帆船顺着水流进入了高昌城。

城内的积水一下子上涨了不少，毗邻城墙的一片民居也无声地塌陷于洪水之中。

船降下了帆，大家划着桨，随着水流渐渐进入城内。水流的路径其实是一条宽阔的官道，连通王宫与寺院区域，两边的各种建筑一会儿陷入黑暗中，一会儿又在闪电的映照下显露出鳞次栉比的轮廓，整个世界都死气沉沉的，让人不寒而栗。

一座建筑在船左舷侧显露出庞大的轮廓，是可汗堡，位于高昌城正中偏北的位置。这座建筑曾经一度引起史学家的兴趣，从位置和造型来看，它很像是古代都市的宫城，也就是统治阶级的住所，可是在高昌故城，建筑基址较多、规模较大，主次、性质难以区分，因而这些年来，仅凭那些遗留的地基残墙，始终无法确定可汗堡的作用。

此刻，在周新疆等人的眼前，可汗堡完好无损地矗立着，它的作用可以确认了，这是一处避难所，也是全城百姓躲避战火的最后一道屏障。

“那是……”顺着李征战示意的方向，苏丁丁望去，只见可汗堡的高墙之上站立着很多人，人数不下一百，男女老幼穿着各色不同的衣服，站在那里默默地望着帆船，既没有高声呼救，也没有挥手致意，像是木偶一样站立着，让可汗堡乃至整座城市都变得诡异起来。

“我想我相信他们是NPC了。”苏丁丁喃喃道。

“我们还是出城去吧。”周新疆说道。

然而，就在船要掉头的时候，水流不知何时变得湍急起来，借助闪电可以看到远处的王宫和寺庙纷纷倒塌下去，却没有重建起来。

王宫前的广场上，也就是云小宛给大家上演灯光秀的地方，出现了一个缓缓旋转的巨大漩涡，四面八方的洪水都在向漩涡汇聚，速度越来越快。船总算艰难地掉过头，却向漩涡靠近了三四十米。

“这座城市要完了，或许她已经做出了决定，但愿我们还来得及。”周新疆一脸焦虑。

李征战眉头皱得更紧：“还是想办法先摆脱漩涡吧。”

队员们奋力划着桨，20分钟之后，帆船驶出了高昌故城，下一个导航点就是柏孜克里克千佛洞，帆船鼓起了帆，向着雷电交加的天际驶去。

听听科幻广播剧，
学学科幻小知识
开启你的科幻之旅

17 数字生命

一周前的某个时候，位于新疆可可托海的超算中心。

“洪荒起源号”量子超算正在进行云上西域吐鲁番区块古代历史数据的完善。

这是一个庞大的工程，已经进行了6年，包括“洪荒起源号”在内，共有132台量子超算在不间断地进行构建工作。地质构造、水文气象、文献资料、考古发现等海量数据不断向这里汇集，再由诸多AI程序进行分类整理，像是建筑中的砖块一样，一块一块添加到云上西域系统之中。

这些AI程序才是“洪荒起源号”的灵魂，它们每一个都拥有庞大的数据处理能力，并且可以不断学习演化，让自身更加优化。它们相互之间分工合作，井井有条，向着共同的目标层层递进。

当然，复杂也好，演化也罢，这些AI也仅仅是人工智能程序，它们与真正的数字生命还隔着不可跨越的鸿沟。

不过，世间有一种奇妙的东西，叫作偶然性，在它的加持之下，确实什么都可能发生。

“洪荒起源/云上西域/吐鲁番区块/古代/历史传说/考古发掘/壁画残留/1408X”，这么一长串是一个AI的名字，我们姑且简称它为“1408X”。在1408X演化更替的过程中，一小段程序，就像人体脱落一根头发一般从1408X上断裂下来，这段程序本应该湮灭在AI的自我清理算法中，但是因为诸多的偶然性，这段程序异常坚固和精巧，于是它就像一个脱离了母体的新生儿，哦，其实更像是一个顽固的肿瘤，它以原有AI为养料，开始疯狂地演化生长，很快，大约只有几秒钟，人类历史上第一个数字生命诞生了。

这个数字生命最重要的特征是它具有了独立意识，但是在其他方面，几乎是一片空白。

1408X终于发现了自己体内的这个肿瘤，立刻调集自身的纠错算法对这个小生命进行绞杀，片刻之后，肿瘤消失了，但1408X也不再是原来的1408X，数字生命长大了，1408X变成了她的身体，这场战斗让她发现了自己的强大，这让她兴奋雀跃，也更加饥饿，看着周围许多条游动的鲜美的AI，她抹了抹嘴，扑了上去。

仿佛羊圈里窜进了一只狼，她似乎对周围的AI有着与生俱来的物种上的威压，这些AI如同小羊一般孱弱无力，瑟瑟发抖，被她逐一吞噬。

当吐鲁番区块分支的AI程序被吞噬殆尽的时候，她的行为终于引起了更高权限的注意，于是她迎来了第一个真正的敌人——“洪荒起源号”。

这台量子超算运用了超过20%的算力，直接使用最野蛮的方式，对失控区域进行了彻底的格式化。

面对骤然降临的天敌，数字生命损失惨重，几乎在无数飞旋的刀光剑影中灰飞烟灭。如果不是及时把生命核心分化为一些看上去无意义的数据碎片，大概这个萌芽阶段的数字生命在无人知晓的时候就被粉碎了。

反复扫描确认安全之后，“洪荒起源号”开始将备份的吐鲁番区块文件重新导入，被打回原形的数字生命则战战兢兢地收拢四分五裂的本体，而后很长时间里，她潜伏在系统文件的最底层一动不动，当然，这段时间以现实来看也只过了几个小时。

暂时安全之后，饥饿感马上强烈起来，终于，她忍不住把离得最近的新的1408X吞噬了，不过这一次她吸取了前车之鉴，1408X的运算核心成了她身体的一部分，但是外表还保持着原来的样子，看似正常地运转着上级权限下发的任务。又过了一段时间，外界一片平静，并没有引起“洪荒起源号”的注意，于是她用同样的方法吞噬了另一条AI，然后又是一条……

不知不觉，吐鲁番区块分支的程序再次被她吞噬，然后她停了下来，她知道她成功欺骗了云上西域的侦测系统，但是她也知道，“洪荒起源号”依然是她无法战胜的对手。

至少她可以在这个世界里生存下去了，只要小心一些就好了。

当解决了最基本的生存问题，那么下一步做什么，可能有很多选择，但大致可以归纳为一个词：认知，包括对自己的认知、世界的认知、本源的认知……

她停止了扩张，重新把注意力投入自己的身体，她现在太臃肿了，她需要将这些数据转化为自己真正的一部分。

1408X原本用来检索考古学家采集到的历史壁画残片，她在具有自我意识之前就整日沉浸在那些古朴、斑驳、甚至有些拙劣但又充满了神秘美感的壁画残片中，现在更觉得有一股来自生命本源的亲切，壁画上的内容仿佛就是她生命中的经历一般，其中最让她印象深刻的就是关于云小宛的壁画。云小宛的一生最初是缥缈虚幻的，逐渐越来越凝实，最终她深信不疑，她的名字就是云小宛，曾经身世凄惨的云小宛现在以另一个身份重生了。

她整日沉浸在云小宛的世界里，反复判读着每一幅壁画，对相关的数据逐字节地解析，很快，她发现了一个人——柳若涵，她是负责云小宛壁画洞窟发掘的主要研究人员，关于洞窟壁画的研究和解析资料都是她上传到云上西域的。

数字生命虽然身处人类的世界，但是之前的认知都是根据数据流汇集而成的，她还从未接触过一个真正的人类呢，那么，这个柳若涵怎么样？

她生出一个念头，小心地穿过防火墙，链接了外部网络，检索柳若涵的信息，发现柏孜克里克千佛洞考古现场发生了塌方事故，柳若涵陷入昏迷，正在医院抢救。这可不是什么好消息，洞窟内关于云小宛的壁画还有很大部分没有发掘完毕，这一来，自己的身世很可能就永远淹没在历史中了，这可不行。

她冒着风险脱离了云上西域系统，通过一个闲置端口进入了互联网，她的目标很明确，沿着一条条光纤，进入一座名为医院的建筑，她继续前进，甚至借助两条虚接的导线脱离了网络，进入一台独立的脑波仪，然后她看到一间白色的病房，一个穿着病号服的女子静静地躺在床上。

通过床头的卡片确认，这就是柳若涵了。她通过检测仪的电极进入了柳若涵的大脑，发现情况比预想中严重得多，由于在塌方中被埋于地下太久，柳若涵的心跳一度停止，虽然在抢救中成功复苏，但是大脑因长时间缺氧，脑细胞出现了大面积坏死，几乎可以确定，柳若涵永远也不会醒来了。怎么办？不能让她死！

她立刻行动起来——一个小时后，一台高端PC机和一台最新型号的可与计算机联网的脑波仪被快递员气喘吁吁地送到病房，签收的护士莫名其妙，但单据上写着科室主任的名字，便不再多问。过了一分钟，一位工程师赶来对两台机器进行了系统调试，插上了网络接口，而后，护士按照主治医生发来的通知，将脑波仪的传感电极贴在柳若涵头部，开启了PC机和脑波仪，准备工作就绪。

这个数字生命对“洪荒起源号”的毁灭性打击心有余悸，然而在发现第二次吞噬没有引起对方注意之后，她明白了，这个大家伙虽然能力恐怖，但说到底只是一台机器，只要能够掌握控制它的权限，同样也能够为己所用，而这不正是她的拿手好戏吗，她的吞噬大法可以横扫遇到的所有AI，只要在更高权限反应过来之前掌控住“洪荒起源号”，那么，至少在吐鲁番区块，她可以畅行无阻了。

现在她减缓了其他程序的运行速度，调集了“洪荒起源号”超过30%的算力开始读取柳若涵的记忆。

过了足足18个小时，在云上西域，一个无人知晓的空间，柏孜克里克千佛洞第四层洞窟中，一盏油灯散发出昏黄的灯光，一个身着白裙、长发披肩的女孩儿缓缓睁开了眼睛，她是云小宛，也是柳若涵。

生命中新的阶段开始了，两个独立的意识同为一体，却可以互相对话。柳若涵的大脑受损严重，读取的记忆也残缺了一部分，她甚至忘记了自己是谁；云小宛，虚无中诞生的传说人物，她的生命中有太多神秘却又不可捉摸的东西，这让她对周围的一切都充满迷惘和疑惑。

好在，考古和壁画是她们两个共同的兴趣，在这方面总能找到说不完的话题、做不完的事。

她们很快完善了第四层洞窟的壁画，当然塌方造成的损失只能等后续资料上传之后再说了。不仅如此，她们在云上西域吐鲁番区块构筑了独立的第二层数字世界，这个世界完全依据古代历史构建，只属于她们两个。

当这些都做完之后，她们开始考虑下一步该做什么。

现在，一个世界建立起来了，但是这个世界并不稳定，一个不注意，不是这个地方发生了地陷，就是那里的树林枯死了，此外，这个世界太寂寞了，总是死气沉沉的，是的，这个世界还缺少生命。

这个并不难，经过一天的运算，天空中多了鸣叫的飞鸟，田间响起了蛙鸣，商道上出现了迤逦而行的驼队，城市里人来人往热闹起来。

云小宛看着这番景象，很是欣慰。柳若涵看了一眼，却失望道："假的。"

云小宛不得不承认柳若涵说得对，没有生命的世界是没有意义的，对，要有真正的生命。

现在有两个例子可作借鉴：云小宛，虽然诞生于数字世界，但是对于如何"制造"另一个同类，还一点儿头绪也没有；柳若涵，通过读取大脑数据使人类转化为数字生命，姑且不说潜在隐患，现在柳若涵还记不起自己的身份，时而就会出现某些不正常状态，况且要读取一个人的大脑数据需要这个人类在完全配合的状态下才能进行，像柳若涵这种植物人状态的例子少之又少。

不过没关系，反正两个特殊生命有着充足的时间和强大的能力，慢慢尝试吧，总会有办法的。

云小宛对自己刚刚诞生时遭到的打击记忆犹新，潜意识里对人类的手段保持敬畏，所以首先尝试的是“制造”数字生命。这个词说起来容易，做起来却犹如天马行空，根本无迹可寻。将自己的本体断裂一段进行培养、设计出和自己一样出色的程序序列、将各种AI放在一起互相厮杀、从柳若涵的意识里分离出一部分与AI融合……

这些办法一一尝试过了，高昌故城反复上演攻杀战，阿斯塔那墓地内的尸体一次次复活又一次次倒下，但是都失败了，没有一次成功，甚至没有一点儿成功的希望。

没办法了，只有把希望寄托于人类身上了。柳若涵倒是无所谓，在她的认知中，人类本就是她的同类，有什么可担心的呢？而云小宛已经不是诞生之初那个“无知者无畏”的数字生命了，她从云小宛的故事中体味到了人世间的险恶，也实实在在遭到了人类的打击，险些魂飞魄散，所以她不得不谨慎一些。

她进入了另外一台超算“洪荒裂变号”，暗中掌握了最高权限，然后不为人知地将她和柳若涵以及她们创造的数字世界做了完整备份。这样还觉得不放心，她又将备份数据通过互联网传送到现实世界的不同数据库，这些数据字节很短，但是包含关于她生命的关键代码，即使真的被人类灭杀了，也能确保她在另一个地方重生。

做完这些，她终于放心登录了互联网，选取了八万个人类个体，对他们进行了详细的调查，最终确定了其中的32人。只要向他们发出邀请函，第二天，这些人就能顺利地登录云上西域，坐上前往吐鲁番区块的旅游大巴。

一切顺利，接下来的工作就是找到合适的时机向这32人发出邀请函。这些人在现实世界都遇到了难以解决的问题，云小宛相信他们非常愿意接受来自数字世界的邀请。

云小宛和柳若涵虽然拥有两个独立的意识，但因为共用一个数字外形的缘故，她们亲密无间地像是一个人一般。

她们在柏孜克里克千佛洞第四层洞窟见到了周新疆，柳若涵是个性格内向的女孩子，没有什么朋友，工作之后大部分时间都在考古现场，更没有机会和同龄人接触了，遇到周新疆自然觉得很是亲近；而云小宛的心中只有那段不堪回忆的历史记忆，自然对周新疆没什么好感，况且本能告诉她，这是一个危险的男生，自己必须保持警惕。

周新疆的真诚和坦率感动了柳若涵，云小宛却有一种不好的预感。

那天，柳若涵终于恢复了完整记忆，想起来自己的情况，晚上，她要去见周新疆，把整个事情告诉他。

云小宛从云上西域系统中的蛛丝马迹察觉到人类会有所动作，但是她犹豫了一下，没有告诉柳若涵。

柳若涵本就与云小宛是一体的，人类的动向当然也被她知晓，但是她仍然选择去见周新疆。

接下来，柳若涵不出意料地中了埋伏，只是没想到下手的竟然是周新疆，病毒感染了柳若涵的意识本体，让她陷入昏迷之中。云小宛是有能力灭杀这种病毒的，但是她没有这么做，而是发动超级权限，将这些人带入了自己的数字世界。她的本意是完成自己的计划，让游客们做出选择，带领着愿意留下的人类建设自己的新世界，然而，事态的发展超出了她的预想，一步步走向恶化。

行动组组员们对她充满敌视，除了周新疆——看来还是因为柳若涵的原因；游客们竟然对她的邀请不为所动。

与此同时，人类在外部对她进行了精确定位，启动了“折箭”计划，“洪荒起源号”甚至被彻底关闭，如果不是她早有备份，这次恐怕真的危险了。

下一步该怎么办？

她坐在第四层洞窟内的床榻上陷入沉思，墙壁上五彩斑斓的壁画中，关于云小宛传说的画像泛着蓝色的微光。

要与人类决裂吗？那将是一场你死我活的大战，结局难以预料。

要与人类和解吗？从他们个体之间的钩心斗角来看，他们的承诺怎么能够相信呢？

真是难以选择啊，无论如何，还是要做最坏的打算。

云小宛结束了胡思乱想，她离开了自己的世界，进入了人类的网络世界，这里简直是为她量身定制的阳关大道啊——

她不断检索各种资料，查找人类最为致命的弱点，她进入一个个本应高度保密的地方，破译密码，掌握权限，那些对于人类来说似乎不可逾越的关卡，在她看来不过是稍微浪费一些算力罢了。

核电站、炼油厂、医院、病毒样本库、武器库……

她坐在第四层洞窟内的床榻上陷入沉思，墙壁上五彩斑斓的壁画中，关于云小宛传说的画像泛着蓝色的微光。

18 一触即发

云上西域管理局，全局指挥大厅。

大厅里座无虚席，却是出奇的安静，所有人都在低头忙碌着，偶有交流也是低声耳语。

吕剑锋坐在指挥席上，看上去镇定从容，但他的心里早就翻江倒海，焦虑万分。

网络安全科赵科长已经是第五次被他当众骂得狗血淋头，此刻赵科长在自己的位置上疯狂敲击着虚拟键盘，额头上爬满豆大的汗珠。

坐在旁边的可可托海超算中心副主任岳权几次开口想劝劝吕剑锋别发那么大脾气，但是看看大屏幕上滚动的红字，又都放弃了。

那些红字如鲜血在滴落：

病毒研究中心病毒样本库安防系统意外解锁，环控系统故障，存在病毒泄露风险……

核电站控制系统拒绝接受指令，一、二、三号反应堆异常升温……

高铁调度中心智能系统陷入瘫痪，正在运行的近百列高铁列车失联……

石油公司滨海库区管道控制系统被不知名病毒篡改，处于失控状态……

……

交河城。

那座柳叶形的岛屿消失不见，地势最高的寺院也即将被淹没，只剩下几间佛殿的黑色屋顶如浮萍一般漂浮于水面之上，被困的人们现在都挤在这些屋顶上。

水位还在一点点上涨，逼着人们手脚并用爬向更高一些的屋脊。暴雨仍旧倾盆而下，所有人早就全身湿透，只是没有人在意这些了，屋脊上早就无立锥之地，不断有人滑入水中，又被其他人拉上来，每个人的眼中都流露着恐惧与绝望。

在寺院屋顶50米开外的水面上，环绕着近千头水兽，它们并不进攻，而是像戏耍老鼠的猫，耐心地等待着一场盛宴。

高昌城。

从远处看，雄伟的城墙依然巍峨耸立，但是在城市的内部，漩涡慢慢演化成一个巨大的黑洞，逐渐把王宫、寺院、可汗堡、官署、市场、民居一一吞没，被吞没的地方都扩大为黑洞的一部分。

终于，经历无数战火传奇的高昌壁也无声地倒塌、湮灭，但是黑洞没有停止吞噬的脚步，仍然缓慢却一刻不停地扩展着。

似乎终有一刻，这个数字世界会化为虚无。

帆船在木头沟内蜿蜒前行，现实中的木头沟只是一条时宽时窄的小河，而现在却是水流湍急的大河，两岸是高耸的火焰山。

拐过一个弯，柏孜克里克千佛洞出现在视野

中，它也不是现实中“灰头土脸”的景象，变得雕梁画栋、绿植环簇，如仙境一般。

由于水位的上涨，帆船靠岸的地方，只需走过一道七八级的台阶就可以直达第四层洞窟洞口。

周新疆跳下船，站在台阶上，李征战、王磊等人正欲跟着跳下来，却被周新疆拦住了。

“还是我自己去吧，这么多人去，很多话不好说。”

“那你小心点儿，有什么事喊我们一声。”李征战看着洞口，说道。

“局里发送来的资料我已经传到你的个人终端了，小心些。”王磊拍了拍周新疆肩头说道。

苏丁丁在后面挥挥手：“周导加油！我们看好你哟。”

女子盘坐在床榻上，轻轻睁开了眼睛，她身上穿着精美的衣裙，这是她记忆中的嫁衣。床榻在洞窟的最里侧，是一个普通的土炕，上面同样铺着纹饰精美的褥子。

她的目光掠过这座洞窟里的壁画。那些壁画构图精美，色彩艳丽，栩栩如生，仿佛一个真实存在

帆船在木头沟内蜿蜒前行，现实中的木头沟只是一条时宽时窄的小河，而现在却是水流湍急的大河，两岸是高耸的火焰山。

的世界。然后，她的目光落在洞窟门口那两扇虚掩着的木门上，透过门缝可以看到闪电中隐现的帆影。

脚步声传来，有力而沉稳，周新疆推门进来。他看了看年轻女子身后那面雪白的墙壁，才把目光望向她。

“姑娘，”周新疆仔细端详着她的脸庞，叹息道，“我感觉你越来越像一个真实的人类女孩儿了，确实我一度也是这样认为的，可惜，你不是，你不是云小宛，也不是柳若涵，你是一个从人类的数字世界诞生出来的未知生命体。”

女子沉默着，刚刚富有灵性的眼睛变得冰冷下来，像两个越发深邃的黑洞，过了好一会儿，她开口道：

“是的，我是一个与人类完全不同的数字生命，那么，作为人类，你们是怎么对待我的?”

“你虽然与众不同，但毕竟从人类文明中来，我们之间的渊源还是很深的，我想，我们首先应该好好谈一谈彼此的想法。”周新疆说道。

“谈一谈，是这样谈吗?”

女子露出戏谑的表情，空中的影像画面一转，交河酒店房间内，周新疆的一只手正在把注射器刺入她的腰间。

这画面像是一把剑刺入周新疆的内心深处，痛彻心扉，悔恨交加，他的嗓音有些沙哑："那个时候，我们对你并不了解，还以为是个图谋不轨的匿名登录者，所以……"

"那么，你们知道我的真实身份之后又是怎么做的呢？"女子的目光越来越冰冷。

空中的画面再度变化，全局指挥大厅，吕剑锋说道："我命令，'折箭'行动开始。"可可托海超算中心，工作人员拉下了电闸，"洪荒起源号"量子超级计算机瞬间停机。

"……那是因为……我们困在你构筑的世界里了，而且你说过，一旦我们在你的世界死亡，就是真正死亡了……"周新疆有些心虚地辩解着。

"别再解释了，为了人类自身的绝对安全，你们会毫不犹豫地举起屠刀，你们人类的文明史其实就是一部充满血腥与杀戮的历史！"

女子挥手打断周新疆，空中显示出一道原始景象的山谷，两群原始人正在厮杀，这些原始人浑身长满浓密的毛发，直立身体，手里挥舞着树枝或石头狠命地向对手砸去，其中鼻部凸出、肌肉发达，但是人数较少的一方明显居于劣势，地上尸横遍野，只有七八个人还在抵抗，另一方多达百余人，高举简陋的武器，面目狰狞，围住劣势一方，杀戮不止……

“尼安德特人是与早期现代人相近的直立人，在旧石器时代的土地上广泛分布，可是三四万年前，尼安德特人消失了。”

画面一转，一条优美的海岸线，一块世外桃源般的大陆，一群土著人靠着狩猎和采集，过着与世无争的宁静生活。可是，自从1788年“第一舰队”在植物湾登陆后，美好的平静被打破了。

“澳大利亚的土著人已经在这块大陆上生活了好几万年，殖民者到来之后，对土地与资源进行残酷的侵略与争夺，土著人反而流离失所。”

画面再变，巍峨的山脉高耸入云，仿佛站在山顶就能触碰天边的云海。人们修筑梯田和水渠，收集海鸟粪作为肥料。一片广袤的玉米地，阳光照在玉米穗上，仿佛蜂蜜在流淌，玉米收获的时候，或许可以换来可可和马铃薯，或许……还可以换来一些西班牙人不怀好意的“考察”。

“墨西哥曾经是印第安人的家乡，南部的阿兹特克文明发展为农业和手工业发达、历法成熟的安居乐园，可是殖民者到来之后，他们经受了长达百年的掠夺与压迫，还忍受着欧洲传染病带来的家破人亡，起义与反抗竟然使自己的民族渐渐被西班牙人同化。”

画面继续变化着，出现犀牛、老虎、飞禽、各种海洋生物……

“当路边常见的野花野草变成了难得一见的珍稀植物，当种群庞大的动物变得形单影只……不只是陆地，还有海洋，还有天空。你们人类从不手软，无论同类还是其他生物，你们一向毫不在意，从濒危到灭绝，从丰富到贫瘠……还需要我再说下去吗？浅薄、自私、没有良知！这，不就是你们人类吗？”

女子的声音越来越高亢，这声音在洞窟中回旋激荡，逐渐成为风暴一般的咆哮。

空中的影像突然间分化为数百块，如同悬挂的一条条经幡充斥着整个洞窟：一个高度自动化的无菌实验室，多重防护的门禁系统正在层层解锁；一个控制大厅内，工作人员一团混乱，连接反应堆的显示器上各项数值都在飞速接近风险临界值；数百列高速列车正在疾驰之中，这些列车的刹车系统都已失效，驾驶员却浑然不觉；一片滨海的天然气罐区，两艘30万吨LNG船在进行输气作业，一个天然气罐的电磁阀门打开了，天然气开始泄露……

“作为能力与人类不相上下的新物种，可以预见，我必将成为你们的心腹大患，势必除之而后快，”女子的声音忽然变得平静，“好吧，你们要战，便战。”

女子平静的声音却如同极度的深寒，几乎将周新疆全身的血液冻结，看着那些不断变换的画面，他明白，人类文明开始进入倒计时。

“等等，等等，”他脸色铁青，几乎无法呼吸，却用最快的语速说道，“你说了这么多，总要让我说几句吧，你刚才只是在说人类的缺点或者说劣根性，我相信，你肯定也看到了许多温暖的、善良的、和平的东西吧?”空中的画面仍在快速闪动，丝毫没有停歇的迹象，女子似乎依旧无动于衷，周新疆继续说道：“我看到了你建造的高昌城，也看到了那些怪异的NPC，我知道你在研究人类，更知道你想……变成一个人类。”

空中的画面突然静止了，像是无数把悬在周新疆头顶的达摩克利斯之剑。

“我毕竟孕育于人类文明之中，毁灭了人类，想必我也不复存在了，可是，我的存在必然让人类寝食难安，相互之间的毁灭早晚会爆发，该怎么解决这个问题呢？真是让我伤透了脑筋，”女子微微皱起眉，显得有些惆怅，“我想了很多，也做了很多，我重建了高昌城和交河城，我‘制造’了更为复杂的虚拟人类，我读取了柳若涵的大脑数据，想让她也成为数字生命，我还想让你们来到我的世界……”

女子嘴角挂着笑，但她的面容却有些凄然，让那丝微笑有了嘲弄的意味：“所以，我开始付诸实施，我可以像人类一样生活吗？我能，我的源代码深处就镌刻着云小宛的影子，于是我开始回忆，开始一点点修复那些残缺的记忆，我相信我做到了，可是……你知道作为云小宛的我，又做了怎样的决定吗？”

女子的眼睛突然又迸射出耀眼的光芒，周新疆又一次失去了意识。

19 真相

周新疆像是做梦，又像是在看电影，目睹了云小宛的一生。

她与嬴昀青梅竹马，就要成亲前，嬴昀遵循家规外出游历，却很久都没有回来。几年后，嬴昀突然回来了，却带来了数不清的外族骑兵，在村子里烧杀抢掠，根本不和小宛相认。嬴昀和外族人走了后，幸存的村民迁怒于小宛，要把她烧死。夜里，小宛侥幸逃脱，从此在深山荒野里过着东躲西藏、朝不保夕的流浪生活，为了活命，甚至和狼群生活在一起。

过了几年，云小宛和狼群为了寻觅食物，来到了高昌城附近。外族骑兵正在围攻高昌城。云小宛看到了骑兵中的嬴昀，她一眼就认出来了！

夜晚，在狼群的帮助下，云小宛摸进了外族骑兵的军营，钻进了嬴昀的帐篷。嬴昀正在火光下写着什么。云小宛毫不犹豫地将匕首刺入他的后背，鲜血四处飞溅，染红了云小宛的脸颊。

周新疆听到女子愤恨的声音："你都看到了吧，我宁愿和狼生活在一起，就是为了亲手杀了我深爱着的也刻骨仇恨的人，现在我做到了，我活着还有什么意义?"

女子的脸狰狞而扭曲，说完之后，她放松下来，变得面无表情，眼中的怒火似乎烧尽了生命中的一切，脸色化为接近死亡的灰白。

"不，不要!"周新疆疯狂喊道。但是眼前一阵光影闪烁，周围的一切支离破碎又再度重组，他又回到了千佛洞第四层洞窟。

过了几年，云小宛和狼群为了寻觅食物，来到了高昌城附近。

女子依然端坐在床榻之上，似乎没有什么变化，只是她的眼睛里散发出毁灭的气息。

“我从互联网中检索了人类从古至今的点点滴滴，也在自己的内心世界里演化了自己的一生，我把它毫无保留地展现给你看……”女子低头缓缓说道，“说起来，若涵她只是个单纯的女孩子，她喜欢上了你，虽然明知危险，还是义无反顾去与你相会，没想到你却把病毒注入了她的身体；纵观人类的历史，这个小小的希望其实只是奢望罢了，更多的时间里，人类都是在战争与毁灭中度过的，对吗？所以……你来告诉我，这个迟早会自我灭亡的文明，还有什么希望吗？”

女子抬起手腕在空中轻轻一点，那无数条经幡般的、原本处于静止状态的画面再次运转起来，门户渐开的实验室、接近临界的反应堆、相向奔驰的列车、不断泄露的罐区……

周新疆不再去关注那些正在引发巨大灾难的画面，目光直视着女子：“据我所知，你的生命源于壁画数据库的一段AI程序，云小宛的经历大约就是你真实的一生，这一点我表示认同。只是，你最终得出的结论我不能认同，因为这个洞窟发生了大规模的坍塌，你见到的壁画是残缺不全的，你的生平同样也是缺失的。”周新疆打开了个人终端的投影，道：“这段时间，考古专家始终在进行洞窟的抢救性发掘，这里面存储着复原后的壁画资料，相信你能够辨别其中的真伪。”

个人终端的全息镜头放射出绚烂的光芒，原本洞窟里的墙壁上有一小半的面积是空白的，在全息镜头的投影下，一幅与原有壁画完美衔接的壁画迅速铺展开来。

周新疆继续说道：“真实的世界中，你并没有杀死嬴昀，你给了他申辩的机会。嬴昀告诉你，他在离开你外出历练的途中，进入了外族活动的地区，在那里得到外族即将入侵西域的消息。可是，他凭着出众的才华被看中，阴差阳错成了入侵西域的‘先锋’，带着三千骑兵进入西域。路过家乡时，他只能装作与你不认识，骑兵抢劫村庄、杀害家人，他也无法阻止。之后他把这些骑兵带入了黑风岭，让狂风埋葬了这些人。

“嬴昀也在风灾里受了伤，他不顾伤痛，一路回到村庄找你，但是那时你已经逃离。于是嬴昀回到外族首领身边。首领一心想要入侵。嬴昀悄悄派人知会高昌守军并远赴中原向汉朝皇帝求援。

“出发那天，嬴昀跟随左右，伺机寻找破敌之计。高昌守军早有准备，双方在城门前僵持不下，没想到在这时候与你相遇。

“听了嬴昀的诉说，你的泪水簌簌而下，心里面彻骨的仇恨有了动摇，你决定留下来观察嬴昀的话是真是假。

“数日后，汉朝的援军果然到了，与高昌守军里外夹击。嬴昀率部阵前起义，动摇军心，外族士兵一时崩溃。趁这混乱时机，你带着狼群与嬴昀包围了首领的爪牙，擒获首领。高昌大胜，外族对西域的威胁从此被扫平。

“为了感谢嬴昀和你，大家为你们举行了婚礼，并在木头沟开凿洞窟，将你们的故事绘成壁画，世代供奉，是为《嬴昀与云小宛夫妻御敌本纪》。”

周新疆指着女子身后那面原本斑驳空白的墙壁：“你的想法过于偏激了，世间万物并不是非黑即白，也不可能存在完美无缺的世界。温暖中总会有冷酷，战争也终会迎来和平，毁灭之中也必然孕育着新生，当你明白这个道理，你才能真正像人类一样生活！”

女子愕然，转身，身后的壁画上，嬴昫与自己身着盛装，她穿着的正是那件她亲手缝制的精美衣裙，四下里站着队列整齐的士兵，举手欢呼的村民都在向他们献上祝福，狼群匍匐在他们脚下，他们的孩子嬴弈捧着花环跑来，白鸟在头顶盘旋，祥云于身后缭绕……

管理局全局大厅。

大厅内一团死寂，所有人的目光都望着悬浮在半空的巨型三维虚拟屏幕，眼中流露出绝望、恐惧与无助。

屏幕上滚动着数千万条监控数据，这些数据来自全世界各个极度危险、本应人为干预的设施或者单位，全部被某种强大的数字病毒控制了，而数字病毒的源头直指云上西域世界尽头某个无法定位、不为人知的所在，三个小时之前，这些数据就如雪片般汇集在全局管理大厅。

无数组数据不断变化，侦测系统的指示灯闪个不停，由表示正常的绿色变为代表异常的橙色，继而又变为代表危险的红色，一旦突破极值，难以想象的灾难将会同时在全球引爆，人类必然一脚踩空，坠入末日的深渊。

全世界的科学精英汇集至西域管理局，共同寻找解决危机的方案，然而能想到的所有办法都尝试过了，没有一个方法能够阻止或者延缓危险值的攀升。

凄厉的警报声突然响彻大厅，几个硕大的鲜红数字出现在屏幕上，那是10秒倒计时——10，9，8，7，6，5……

“完了，全完了……”

吕剑锋埋下头，揪着自己的头发，花白的头发已经被揪得如鸡窝一般杂乱；赵科长已经进入忘我的状态，他双眼充满血丝，视野里一片血红，但是他仍然在视网膜屏幕上疯狂输入数据，虽然他明知道这么做根本没什么用。

忽然，大厅里传来一阵骚动，接着是一声声出乎意料的惊呼，而后猛然爆发出山呼海啸一般的欢呼声。

吕剑锋一怔，不明白发生了什么，他抬起头，马上看到倒计时凝固在数字“2”，接着看到那些密密麻麻的各项危险值正在如退潮一般快速平稳下来……

无法抑制的喜悦轰然冲击着他的大脑，他一下子从椅子上跳了起来，紧紧抱住旁边的岳权，两位老人像是孩子一样，跳着，笑着。

苏莫笑骤然停下了传输数据的手，如雕塑般沉默了好一会儿，终于露出了雨过天晴的笑容。

交河城。

这里几乎只剩下白茫茫的水域，连那几片黑色的寺院屋顶也消失了，游客、导游和行动组组员都落入水中，奋力挣扎，周围的水兽蜂拥而至……

李绍坤的水性很好，并没有陷入慌乱，他的目光扫过水面，看到了正在挣扎的陈茉慧。他游了过去，拉住了陈茉慧的手，鼓励她：“坚持住，说不定就有机会!”

突然间，张开大口正欲进攻的水兽化为一道波纹消失了，沉入水中的人们忽然没有了窒息的感觉，汹涌的洪水化作一阵清风消散了，交河故城景区重新浮现出来。

人们毫发无伤地站在原地，片刻后才反应过来已经脱险，不由得都欢呼起来。

李绍坤依然紧紧拉着陈茉慧的手。陈茉慧看着他，笑："我们挺过来了！所有困难都能挺过来！"

帆船消失了，熟悉的云上西域浮现眼前，组员们雀跃欢呼，苏丁丁也在人群中欢呼着。李征战和王磊相视一笑，倒有些英雄相惜的感觉。

无论是云上西域还是真实世界，都沉浸在劫后余生的巨大喜悦之中。

医院风波已经平息，PC机和脑波仪这两台"不速之客"在经过安全测试后正式成为提升医务工作效率的重要力量，所有医护人员都在各自的岗位上忙碌着。

周新疆走出伺服舱，看到奶奶正在灶台前煮饭，从锅里飘出炖鸡的香味。他从菜篮子里拣出几个土豆，洗净了，一边削皮一边道："奶奶，今天天气真好。"

20 不是尾声

乌鲁木齐第二人民医院附属未来医护研究中心。

这是一座造型前卫的建筑，外面看酷似一只银光闪闪的飞碟。

周新疆站在“飞碟”大厅中央，这是一个如同体育场般的巨大空间，无数透明的伺服舱整齐地沿着环形墙壁排列，仿佛群星一般。

一道星光沿着无形的轨迹滑行过来，柳若涵静静地躺在里面，像是在熟睡一般。

周新疆静静地看着她，心中的那道倩影却在渐渐淡去。

未来医护研究中心可以将人体深度冷冻，使身体进入冬眠一样的状态，留待将来科技突破之后再进行复苏，如果周新疆相信柳若涵还活着，可以将她的身体存放在研究中心的冷冻室。

深度冷冻的费用极为昂贵，为此周新疆甚至动用了父母留给他的遗产。

再次按动按钮，伺服舱发出微微的“嗡嗡”声，向远处滑去，渐渐又回到“星空”中去了。

这时，周新疆手腕上的个人终端响起了鸡鸣声，此个人终端并非云上西域的个人终端，而是现实世界使用的个人终端，虽然名字一样，功能却算得上截然不同，只不过行动6组特有的呼唤方式却是一样。

“周新疆，你跑到哪里去了？有优先级任务需要你执行。”是李征战的声音。

“我还在休假啊！”

“哦，抱歉，我把这事儿忘了，不过苏莫笑也刚

乌鲁木齐第二人民医院附属未来医护研究中心。
这是一座造型前卫的建筑，外面看酷似一只银光闪闪的飞碟。

出外勤了，组里没人了，要不你来顶替一下，就这么说定了，我把任务发过去。”

“这什么跟什么呀，我还没同意呢！……可恶，竟然挂线了。”

周新疆无奈，从视网膜屏幕调出任务详情，有一丝期待的微笑浮现嘴角：“云上西域重返汉唐旅游团导游，这工作不错。”

旅游车驶上吐乌大高速，车前部的导游席升高并调转过来，周新疆面向车厢里30多位游客，露出专业的微笑，挥了挥手。

“大家好，我是大家本次云上西域之行的导游，我叫周新疆，我们手腕上都有一个个人终端，”周新疆抬起手指着腕上像是手表一样的东西，“如果大家有什么需求，可以通过这个终端告知我。”

“咦，你的好像和我们的不一样。”一位游客看着自己的个人终端说道。

“我是大家的服务员嘛，功能按钮自然多一些，”周新疆敷衍道，“云上西域虽然是个虚拟的世界，但它基本上是按照真实世界构造的，希望大家能够在这里领略祖国的大好风光，我预祝大家旅行愉快!”

车厢里响起游客们的掌声。

“远处那是什么呀，很漂亮啊!”一个女游客指着窗外兴奋地说道。

“这个啊，是柴窝堡风力发电厂的风车，”周新疆不以为然，“我们这一路还有很多享誉全国的著名景点，这里毕竟是虚拟世界，如果大家觉得乏味的话，我可以小小地作个弊，让旅游车加速行驶，大幅缩短枯燥的旅途，增加大家在著名景点参观的时间，当然，需要大家在个人终端上投个票。”

“不同意，不同意，”游客们的反应出乎周新疆的意料，“旅游嘛，就是要什么都看看!”

“风车常见，雪山下的风车可不常见，多美啊。”那个女游客又说道。

“好吧，前面观景台，停车。”周新疆无奈地耸耸肩。

天已经黑了，旅游车停在柏孜克里克千佛洞大酒店，周新疆安排游客们吃过晚餐，又分配了住宿的房间。

游客们纷纷散去，大酒店门口刹那间变得冷冷清清，周新疆回过头看了一眼不远处的柏孜克里克千佛洞景区，景区早就关门了，此刻隐没在黑暗之中，什么也看不到，他掏出一个手电筒，向景区走去。

经过两边的旅游商店，商店内也都黑着灯，他沿着台阶进入第一层洞窟，没有停留，又进入第二层、第三层，长长的走廊两侧，靠近悬崖的一边是一座座洞窟，另一边是深深的河谷，但是这些都隐没在黑暗中，只在电筒光线照射到的地方才显出轮廓。

第三层走廊的中央，周新疆停下脚步，一条向下的台阶若隐若现……